수요일의 편지

수요일의 편지

초판 1쇄 발행 2024년 7월 30일

지 은 이	모리사와 아키오
옮 긴 이	권남희
펴 낸 이	한승수
펴 낸 곳	문예춘추사

편 집	구본영, 이상실
디 자 인	박소윤
마 케 팅	박건원, 김홍주

등록번호	제300-1994-16
등록일자	1994년 1월 24일
주 소	서울특별시 마포구 동교로 27길 53, 309호
전 화	02 338 0084
팩 스	02 338 0087
메 일	moonchusa@naver.com

I S B N 978-89-7604-668-0 03830

수요일의 편지

리사와 아키오 지음
남희 옮김

문예춘추사

이 작품은 수요일 관측소가 주최하는 프로젝트 '사메가우라 수요일 우체국'을 모티브로 한 픽션입니다.

협력/수요일 관측소

P3 art and environment

토오야마 쇼지

차례

누군가의 말이 당신을 바꿉니다.

당신의 말도 누군가를 바꿉니다.

그리하여 세상은 바뀌어 갑니다.

오늘은 어떤 말을 할까요?

1장

이무라 나오미의 공상

나는 가족 누구보다 일찍 일어나고 누구보다 늦게 잔다.

　일찍 일어나는 것은 남편과 아들들에게 아침을 차려 주고 도시락을 싸 주기 위해서. 늦게까지 깨어 있는 것은 누구에게도 보이고 싶지 않은 '비밀 일'을 하기 위해서. 그렇다고 법에 저촉되는 짓을 하는 건 아니다.

　일기를 쓴다.

　가족이 모두 잠들고 고요해진 뒤에 몰래.

　거실 벽시계 초침 소리에 조금씩 초조해하면서 혼자만의 공간에서 되도록 솔직한 내가 되어 말을 써 나간다.

　사실은 글을 잘 쓰지 못한다.

아니, 못 쓰는 편이라고 생각한다.

하지만 내 일기는 짧으니까 괜찮다. 양면 주간 플래너에 겨우 몇 줄의 생각을 써 넣는 정도니까.

다만, 말은 제대로 고른다.

그날, 내 가슴속에 생긴 '마음의 독'을 솔직한 말로 변환하기 위해서다. 툭, 툭, 혼잣말을 쏟아 내듯이 약한 독이 녹은 말의 방울을 수첩에 떨군다. 그런 느낌이다.

일기를 쓰는 행위가 나에게는 '정화淨化'다. 다 쓰고 나면 마음이 조금쯤 편해지는 것이 그 증거. 누군가에게 하소연할 때와 비슷한 소소한 카타르시스를 느낀다.

독을 내뱉는 것은 쾌락이다.

그래서 일기를 쓰는 것이 습관이 됐다.

처음 일기를 쓴 것은 일 년쯤 전의 일이다. 직장 상사의 갑질 발언에 무진장 화가 나서 나도 모르게 욕을 쓴 것이 시작이다. 그다음은 시어머니의 심술, 남편의 둔감함, 부모에게서 멀어지고 있는 아들들에 대한 불만을 쓰고, 사회를 힐난하고, 날씨에 불평하고, 텔레비전 드라마 결말까지 트집 잡고, 그것을 문자라는 형태로 바꾸어 갔다.

말은 때로 사람의 마음을 상처 입힌다.

하지만 수첩에 은밀히 쓰는 거라면 아무도 상처 입지 않는다.

그래서 나는 안심하고 내 속의 '독'을 계속 토해 왔다.

정화, 정화, 하고 마음속으로 노래하면서.

✦ ✦ ✦ ✦ ✦

5월의 초록 바람이 부드럽게 옷깃을 스쳐 갔다.

천연 나무로 만든 세련된 카페 테라스석.

향 짙은 얼그레이가 담긴 하얀 컵 안에서 나뭇가지 사이로 내린 햇빛이 살랑살랑 흔들렸다.

"후유."

엉겁결에 한숨을 내쉬었다.

고급 주택가는 부는 바람조차 고급스럽구나.

"뭐야, 나오미, 갑자기 한숨을 쉬고."

그렇게 말하고 테이블 너머로 미소 짓는 이오리의 실크 블라우스도 청초한 바람을 머금고 팔랑팔랑 흔들렸다.

"뭔가 볼수록 멋진 카페구나 싶어서."

"그렇지. 이 가게, 아마 벌써 유명해졌을 거야."

오픈한 지 딱 3개월 된 '파티스리 미하루'는 레어치즈케이크와 홍차 밀푀유가 일품으로, 입소문이 단번에 퍼져 가고 있다.

그건 그렇고, 내가 이런 세련된 가게에 온 게 대체 몇 년 만이지?

청초한 옷을 단정하게 입은 이오리는 이 가게 분위기에 잘 어울리는데, 고등학교 동창생과 차를 마신다고 캐주얼한 차림으로 온 나는 혼자 붕 떠 있지 않은지 불안해졌다.

이오리와 나는 예전에 경식 테니스부에서 함께 땀을 흘린 동료였다. 절친까지는 아니어도 서로 40대가 된 지금도 한 해에 한두 번 정도는 이렇게 만나서 근황을 나누는 사이다.

"한 블록 더 가면 거기에도 괜찮은 카페가 있거든. 거긴 반려견 동반이 가능해서 우리도 자주 이용해."

이오리는 걸어서 5분 거리의 단독주택에서 대형 개를 키우고 있다. 잘생긴 남편과 함께 자식처럼 개를 귀여워하는 모습을 SNS에 자주 올려서 그 우아한 생활상은 알고 있다.

뭔가 다른 세상 사람이 됐네….

오전 11시의 화사한 빛 세례를 받고 있는 이오리를 눈부시게 바라보면서 나는 "흐음, 괜찮겠네, 그거." 하고 모호하게 맞장구를 쳤다.

그러자 이오리가 "아, 그러고 보니 오늘 수요일이구나." 하고 갑자기 화제를 바꾸었다.

"응, 그런데?"

"나오미, 수요일 우체국이란 거 알아?"

수요일? 우체국?

"몰라. 그게 뭐야?"

나는 고개를 저었다.

"그러니까… 지극히 평범한 수요일에 자기가 무엇을 하고 무슨 생각을 했는지, 그런 걸 편지에 써서 수요일 우체국 앞으로 보내는 거야."

"음….'

"그래서 그 우체국에서, 전국에서 모인 편지를 직원들이 무작위로 미지의 누군가에게 보내는 거야."

"그럼, 거기에 편지를 보내면 미지의 누군가에게 편지가 오는 거야?"

"그렇지. 요컨대 미지의 누군가와 평범한 수요일 일기 같은 편지를 교환하는 서비스지."

"우와."

"멋있지 않니?"

"응, 좀 재미있어 보인다. 옛날 사람들이 보내던 그거, 메시지 보틀이었나? 병에 편지 넣어서 바다로 떠내려 보내는 그것 같은 느낌이네."

"아, 그런 느낌일지도. 우연성이 있으니. 근데 쓰는 내용이 굳이 수요일에 있었던 일이란 게 좋더라."

그렇게 말하고 이오리는 이 가게의 인기 메뉴인 레어치즈
케이크를 입에 넣더니 "음, 역시 맛있어." 하고 눈을 게슴츠레
하게 떴다. 그런 몸짓조차 우아해진 느낌이다.

나도 홍차 밀푀유를 한입 물고 "이것도 맛있네." 하고 장단
을 맞추었다.

"나오미도 해 볼래?"

"응, 뭘?"

"그러니까 수요일 우체국."

"이오리, 하고 있어?"

"하고 있으니까 권하지. 뭔가 말이야, 잊고 있을 즈음에 낯선
사람에게 편지가 오는 순간, 무척 설레. 게다가 편지를 읽으면
서 그 사람의 수요일을 함께하는 것도 좀 로맨틱한 기분이 들
게 해."

"로맨틱이라⋯."

최근의 자신과 가장 거리가 먼 단어일지도 모른다.

"아, 물론 시골 사는 할아버지나 고민 많은 남자 중학생 편지
일 때도 있지만 말이야. 그래도 있잖아, 그런 지극히 평범한 보
통 사람들이 제각기 다양한 생각을 가지고 필사적으로 살고 있
는 얘기를 읽으면 뭔가 뭉클해지는 게 좋더라고."

소소하고 평범한 인생.

필사적으로 살고 있다.

신데렐라가 되어 반짝거리는 생활을 보내는 이오리가 그런 말을 하니 왠지 거북한 기분이 든 것은 내 마음이 더러워진 탓이리라. 여자도 마흔이 되면 이제 순백이지 않다. 잔주름 수에 비례해서 마음에도 녹이 슬기 시작한다.

"그렇구나. 그럼, 인터넷에서 검색해 보고 시간 날 때 나도 편지를 보내 볼까나."

웃는 얼굴로 자연스럽게 거짓말을 하는 것은 어른이 됐다는 증거.

"음, 나오미는 로맨티스트여서 분명히 푹 빠질 거야."

빠지지 않아.

그렇게 생각하면서 나는 또 미소를 지었다. 그리고 손잡이가 작은 찻잔을 들었다. 우리 동네 커피숍에 비해 가격이 세 배나 비싼 홍차인데 포트에 너무 오래 둔 탓인지 떫다.

"수요일 우체국은 진짜 '우체국'이 운영하는 게 아니어서."

이오리는 신나서, 나는 조금도 관심 없는 화제를 계속 떠들었다. 물론 악의가 없는 건 알고 있다. 그래서 나는 흐음, 오호, 하고 추임새를 넣으면서 일단 들어 주었다.

이오리 왈, 수요일 우체국이라는 서비스는 원래 구마모토현 츠나기초에 있는 '츠나기 미술관'의 아트 프로젝트로 시작됐다고 한다. 만드는 데 중심이 된 것은 미술관 학예원, 아티스트, 영화감독 등 장난기 있는 어른들로, 요즘 은근하게 화제가 되고 있단다.

"아, 맞다. 사유리한테도 가르쳐 주면 신나서 편지 쓸 것 같지 않니?"

이오리가 반가운 이름을 입에 올렸다.

예전에 테니스부 부장이었던 사유리는 성실하고 착하고 편지 쓰기 좋아하고, 남들보다 배로 감동을 잘 받는 아이여서 나보다 훨씬 기뻐할 것 같긴 하다.

"괜찮겠네. 알려 줘."

"응, 그럴게."

그럴게, 라니.

"엉? 이오리, 사유리랑 만나니?"

"가끔. 지난달에도 만났어. 바로 이 가게, 이 자리에서."

"아, 그렇구나…."

나는 누가 먼저 만나자고 했어? 하고는 묻지 않고, "사유리 잘 지내?" 하고 애써 밝은 목소리로 말했다.

테니스부 시절, 사유리와 복식조도 한 적 있는 나여서 이오리보다 훨씬 친했을 텐데….

"응, 여전히 건강하더라. 지난주였나, 아들 생일 사진을 보냈더라." 하면서 이오리는 스마트폰을 들고 사진을 찾았다.

"아, 그래. 이 사진."

나는 이오리가 내민 스마트폰을 들여다보았다.

열 살쯤일까…. 눈매가 사유리를 닮은 남자아이가 생일 케이크 앞에서 환하게 웃는 얼굴로 브이를 그리고 있다. 바로 뒤에는 키가 크고 착하게 생긴 남편과 눈이 부신 듯 가늘게 눈을 뜨고 웃는 사유리의 얼굴이 있다.

"사유리는 고등학교 때하고 별로 분위기가 달라지지 않았네."

나는 무난하게 반응했다.

"응. 말투도 옛날 그대로고 여전히 축 처진 눈에 애니메이션 목소리, 사랑스러운 캐릭터 느낌이야."

"그렇구나."

한숨 쉬듯 말하면서 나는 뾰족뾰족한 소외감을 견뎠다.

"너희 아들들도 꽤 많이 크지 않았니?"

"응? 우리는, 뭐…. 많이 크긴 했지만."

우리 집에는 아들이 둘 있다.

위는 고등학교 3학년인 다이스케. 장래 해양생물 학자가 되겠다고 공언하고 입시 공부에 열중하고 있다. 아래는 중학교 2학년 료스케. 이쪽은 농구 선수가 되는 게 꿈으로, 동아리 활동을 열심히 하고 있다. 열일곱 살과 열네 살, 둘 다 엄마를 성가시게 생각하는 나이여서 얼굴을 마주쳐도 최소한의 대화밖에 하지 않는다.

"사진, 있니?"

"어, 우리 애들?"

"응, 있으면 보여 줘라."

싫어, 라고 하기도 뭣하고 딱히 감출 필요도 없다.

나는 가방에서 스마트폰을 꺼내서 각각 고등학교와 중학교 입학 사진을 보여 주었다.

"와, 벌써 이렇게 컸구나."

이오리의 눈이 동그래졌다.

"금방이지, 정말로."

"남의 집 아이들은 빨리 큰다더니 정말 그러네."

아이가 없는 이오리가 감개무량한 듯이 말했다. "남편은?"

"우리 남편 사진?"

생글생글 웃는 얼굴로 이오리가 끄덕였다.

"요즘은 별로 찍지 않았는데…."

거짓말이 아니었다.

남편은 지금 사진 찍을 정신이 아니다.

아버지와 함께 공업용 솔을 제조하는 작은 공장을 경영하고 있지만, 솔직히 아슬아슬한 자전거조업을 계속하고 있다. 옛날 기술이 있는 장인을 몇 명 데리고 있지만, 최신식 기계를 도입할 자금이 없어서 해마다 직원을 줄이고 있다. 게다가 2대째 특유의 무던하고 착한 성격의 남편은 해고에 약해서 요즘 스트레스성 위통에 시달리고 있다.

"남편, 사장님이지? 바쁘셔?"

이오리가 고개를 갸웃거렸다.

"아냐, 아냐. 우리는 자영업이지만, 사장님은 시아버지고, 전무는 시어머니. 남편은 아직 상무야. 게다가 너무 바빠서 매일 해롱거려."

이것도 거짓말은 아니다. 남편은 집에 오면 심신이 지칠 대로 지쳐서 '위가 아파', '등이 아파.' 하면서 내가 차려 준 밥을 간신히 먹고는 느릿느릿 목욕하고 나와서 그대로 쓰러지듯이 자는 게 일상이다.

"그렇구나. 너무 바쁜 것도 그러니까 좀 안정됐으면 좋겠네."

이오리가 걱정스럽다는 듯이 미간을 모았다.

"그러게, 언제나 안정이 될지…."

본심을 말하고 나니 마지막은 한숨이 돼 버렸다.

바로 옆의 가로수 가지에 작은 새가 날아와서 귀여운 목소리로 재잘거렸다. 자유롭게 하늘을 날아서 좋겠구나, 라고 생각하는 자신에게 이내 쓴웃음이 났다.

"나오미는 시부모님하고 동거해?"

"엄밀히 말하자면 동거는 아니지만…, 그래도 같은 부지 안에서 다른 건물에 살고 있어."

거기까지 말하고 나니 늙은 시아버지와 시어머니 얼굴이 뇌리를 스쳤다. 일다운 일도 하지 않으면서 '창업자 부부'라는 것만으로 잘난 척하는 눈엣가시. 남편은 쓰러질 정도로 일하는데 아직 상무이고, 게다가 일도 하지 않는 시부모가 남편보다 많은 수입을 갖고 가는 걸 생각하니 새삼 또 화가 났다.

더 말하자면 공장 경영이 악화된 것은 남편 탓, 그 남편이 위궤양이 걸린 것은 가정에서 제대로 내조하지 못하는 내 탓이되어 있다. 게다가 사춘기 아이들이 살갑지 않은 것조차 전부내가 잘못 키운 탓이라고 빙 둘러서 빈정거릴 때도 있다.

나는 위 언저리에 생긴 검은 안개를 토해 내듯이 입을 열었다.

"솔직히 시부모와 너무 가까운 관계는 성가셔. 일일이 생활에 입을 대고, 날마다 감시하는 것 같아서 답답해."

"그렇구나. 그런 게 제일 힘들지."

"나도 자유를 갖고 싶어."

되도록 농담처럼 말하려고 생각했는데, 나도 모르게 미간에 힘이 들어가서 말은 하소연이 돼 버렸다.

"그럼 차라리 과감하게 자유로워지는 게 어때?"

"응?"

"할 수 있는 범위 내에서라도 말이야."

"……."

"네 인생이잖아?"

"응, 그건 그렇지만."

그렇지만…, 뭐?

내 말인데 그다음이 나오지 않는다.

"바쁘겠지만, 짬을 내서 좋아하는 일을 한다거나."

그렇게 말하고 우아하게 미소 짓는 이오리는 그야말로 좋아하는 일을 하며 충실한 날들을 보내고 있다.

풍채 좋은 남편에게 자금을 지원받아 천연석 수제 액세서리 가게를 경영한다. 재작년, 그 가게의 개업 파티에 초대받았을 때는 나도 기쁘디기쁜 얼굴로 갔지만, 그곳에 모인 사람들의 화려한 아우라에 압도되어 일찍 돌아온 씁쓸한 기억이 있다. 그 반짝거리는 사람들 중심에서 화사한 미소를 띤 이오리와 지금 이렇게 차를 마신다고 생각하니, 뭔가 좀 신기한 기분도 들었다.

"이오리한테 말하지 않았던가?"

"응?"

"나, 일을 하긴 하고 있어."

"그래?"

"응, 별로 좋아하는 일은 아니지만."

남편 공장 일을 도와야 하는 게 맞겠지만, 일을 해 봐야 무급일 테고, 무엇보다 시부모 밑에서 일하는 것이 너무 싫어서 굳이 아르바이트를 나가고 있다. 물론 내가 밖에서 일하는 것을 시부모가 좋게 생각할 리 없어서 이따금 핀잔을 듣기도 한다.

"어떤 일?"

"뭐, 간단히 말하면 인터넷 옷 쇼핑몰이랄까."

거짓말은 아니다. 하지만 약간 표현을 부풀렸다.

"어머, 뭐야, 멋있잖아."

"아냐, 전혀 그렇잖아."

내가 하는 일은 먼지 나는 창고에서 상품 포장과 배송 준비를 할 뿐인 단순노동이다. 먼지 마시지 않도록 마스크를 하고, 일하기 편한 것만이 장점인 촌스러운 작업복을 입고, 나이도 어린 주제에 잘난 척하는 남성 상사에게 아줌마 취급당하면서 날마다 턱으로 지시를 받고 있을 뿐이다.

"그래도 일을 하면 기분이 좋아지잖아?"

"전혀. 하고 싶은 일도 아니고."

오히려 직장에서 스트레스가 푹푹 쌓인다. 그리고 나름대로 가계를 도우려고 이런저런 것 참아 가면서 일하는데 가족 누구에게도 인정받지 못하는 게 분하달까, 슬프기도 하다. 내가 일을 하고 돌아와도 남편은 지칠 대로 지쳐서 대화도 별로 없고, 아들들은 제각기 방에 틀어박힌 채 나와 보지도 않는다.

밤에 집안일을 마치고 아무도 없는 거실에서 우두커니 텔레비전을 보고 있으면 나는 세상에 혼자 남겨진 게 아닐까, 즐거운 미래 따윈 절대 오지 않는 게 아닐까, 하는 불안에 사로잡힐 때도 있다. 이오리에게 이 멋진 카페에서 만나자는 메일을 받은 것은 마침 그럴 때여서, 내게는 일종의 구원이기도 했다. 그래서 그날 일기에는 언제나의 '독'에 이어서 이렇게 썼다. '오랜만에 이오리가 만나자고 해서 멋진 카페에 간다. 마침 일도 쉬는 날이기도 하고. 기대된다.'라고.

"저기, 나오미."

이오리가 테이블로 몸을 내밀었다.

"응?"

"기왕 일을 할 거라면 좋아하는 일을 하는 게 좋다고 생각하는데."

"그야 그렇지…."

"할 수 있다면 하지, 라는 거지?"

"응?"

정곡을 찔러서 대꾸할 말이 떠오르지 않았다.

"물론 그렇게 간단하지 않을지도 모르지만, 그래도 단 한 번 뿐인 인생이잖아?"

"……."

"즐기지 않으면 아까워."

"뭐, 음. 그렇지."

끄덕이긴 했지만, 지금의 나는 남의 설교를 그대로 받아들일 만큼 속이 편하지 않다. 아무 고생도 하지 않고 쉽게 꿈을 이루고는 우아하게 미소 짓는 이오리에게 그런 말을 들으니, 반감조차 들었다.

"나오미, 괜찮아?"

눈앞에서 나를 걱정스러운 눈으로 보고 있는 이오리.

"응, 뭐가?"

"좀 무서운 얼굴을 하고 있는데."

"괜찮아."

바로 걱정을 해 주니 더 굴욕적인 기분이 들었다.

고교 시절에는 내가 이오리보다 성적도 좋았고, 반에서 인기도 많았고, 테니스부에서도 활약했다. 운동을 못하는 이오리는 단체전 멤버로도 뽑히지 않았다. 먼저 남자친구가 생긴 것도 나였고, 더 좋은 대학에 간 것도 나였다. 그런데….

"괜찮다면 다행이지만."

"응."

나는 내심 화제를 바꿔 주길 바랐다.

그 바람이 통했는지 이오리는 "아, 그러고 보니" 하고, 큰 눈을 동그랗게 떴다.

"나, 요전에 방 구조를 바꾸었는데."

"어? 응."

"그때, 고등학교 때 졸업 문집이 나온 거야."

"……."

졸업 문집이 있었나, 나는 기억을 더듬었다.

"그래서 말이야, 네가 쓴 글을 읽어 보았어."

"엥, 뭐야, 하지 마."

"아하하, 미안. 근데 오늘 만나니까. 궁금하더라고."

"너무 창피한데."

"그러니까 미안하다구. 읽어 보니 너무 그립더라."

이오리는 먼 날들을 회상하듯 약간 시선을 들었다.

"왜, 너 고등학교 때 곧잘 맛있는 빵을 구워 왔잖아. 그래서 같이 옥상에서 먹고 그랬지?"

빵? 옥상?

"그러고 보니, 그런 적, 있었네."

내 뇌내 스크린에 그 시절 풍경이 천천히 상을 맺었다.

뒤축을 꺾어 신던 실내화. 교복 스커트가 무릎에 닿는 감촉. 친구들이 재잘거리던 목소리. 그리고 옥상으로 지나가던 해. 냄새가 날 것 같은 부드러운 바람.

"그 문집에 말이야, 네 꿈이 쓰여 있었어."

"꿈?"

그런 걸 썼던가?

"응. 장래에 아름다운 수제 빵집 사장이 되어 가게 안에는 사방이 트인 공간을 만들고, 주에 두 번 정도 노란색 이동판매 차를 타고 빵을 팔러 가겠다고."

"……."

이오리 목소리를 듣고 있는 동안에 기억 회로가 삐뽀삐뽀 소리를 내며 연결되는 느낌이 들었다.

그랬다, 그 시절의 내겐 그런 구체적이고 귀여운 꿈이 있었다. 게다가 실제로 요리를 잘하는 엄마와 주방에 나란히 서서 이런저런 걸 배우며 빵을 구웠다. 그리고 잘 구워진 빵은 학교에 갖고 가서 친한 친구들에게 나눠주었다.

그런 엄마와도 최근에는 전화조차 하지 않고 있다.

"나오미가 구워 준 빵, 깜짝 놀랄 만큼 맛있었는데."

행복해 보이는 이오리가 친근감 가득한 눈으로 나를 보았다.

하지만 나도 모르게 그런 이오리에게서 시선을 돌렸다. 게다가 우아하고 싱그러운 이 테라스에는 전혀 어울리지 않는 말을 내뱉었다.

"하아…, 내 인생, 이렇게 될 줄 몰랐는데. 뭔가, 완전 최악이야."

"세상에."

이오리가 조금 놀란 듯이 눈썹을 올렸다.

"난 나쁜 짓 하나도 하지 않았는데 말야."

내가 말해 놓고도 왠지 불편해져서 식어 가는 차를 들었다. 그리고 떫기만 한 홍차를 마셨다.

"저기, 나오미."

"응?"

또 잘난 척 설교하려는 거겠지.

그렇게 생각하고 방어 태세를 하고 있는데, 이오리는 가죽 토트백을 무릎에 올리더니 안에서 손바닥 크기의 작고 하얀 상자를 꺼냈다.

"요전에 전화했을 때 말야, 너 잠을 못 자서 피로가 쌓였다고 했잖아?"

"아, 응…."

"그래서 이거 만들어 봤어."

이오리가 테이블 위로 미끄러뜨리듯이 그 작고 하얀 상자를 밀었다.

"어, 뭐야, 이거?"

"열어 봐."

시키는 대로 뚜껑을 열었더니 천연석 팔찌가 햇살을 받아 반짝반짝 빛나고 있었다.

"이건…."

"나오미한테 선물."

그렇게 말하고 이오리는 미소 지었다.

"어머… 고마워. 비싸잖아, 이런 것."

"괜찮아, 괜찮아. 우린 판매하니까 재료도 싸게 사고."

웃으며 말하고, 이오리는 테이블 너머로 손을 뻗쳐서 각각의 돌에 관해 설명했다.

"이건 그린 자수정, 불면증 해소와 힐링 효과가 있어. 이건 수정, 정화와 운기를 상승하게 하는 힘이 있어. 그리고 이 파란 것은…."

"청금석이지?"

"아, 나오미, 아는구나."

"그 정도는."

"청금석은 힘이 강한 돌이어서 건강과 행운과 성공을 불러다 준다고 해."

"이거, 정말 받아도 돼?"

"물론이지. 그러려고 만들어 왔는걸."

이오리는 느긋하게 미소 지으며 끄덕였다.

옛날과 변함없이 착하고 옛날보다 우아하게 빛나는 이오리. 이런 여성이라면 당연히 멋진 남편을 만나서 좋은 인생을 보내겠지, 생각하면서 나는 천연석 팔찌를 들어 올렸다.

"고마워. 껴 볼게."

"응. 왼쪽 손목이 좋겠네."

"알겠어."

팔찌는 내 왼쪽 손목에 딱 맞았다. 서늘한 돌이 시원했고, 색상도 내 취향이었다.

"좋네. 어울려, 무척."

"그러니?"

말하면서 손목을 이오리에게 내밀어 보였다.

"응. 딱 맞아. 이것으로 나오미 운기가 한층 더 상승할 거야."

"한층이라니?"

"있어. 자, 건배."

이오리가 찻잔을 들어서 나도 쓴웃음 지으며 거기에 맞췄다.

쨍, 하고 얇은 도기가 부딪치면서 소리가 울렸다.

나는 단순한 여자다. 예쁜 팔찌를 받고 건배했을 뿐인데 기분이 살짝 긍정적이 됐다. 희한하게 홍차도 아까보다 떫은맛이 덜 느껴졌다.

"저기, 이오리. 그 네일, 우아하고 예쁘네."

생각했던 것을 솔직하게 말해 보았다.

"아, 이거?"

이오리가 기쁜 듯이 손을 들어 보였다.

"응. 아까부터 예쁘다고 생각하고 있었어. 나도 오랜만에 네일 할까 봐."

"그러면 말이야, 요즘 엄청 인기 있는 네일 아티스트 친구가 있는데 소개해 줄게. 이것도 그 사람이 해 줬어."

"어머⋯, 그렇구나."

그렇게 말하면서 미소 지어 보았지만, 제대로 웃을 자신이 없었다. 왜냐하면 내게는 그런 낭비를 할 여유가 없다. 이오리 친구인 네일 아티스트에게 가면 요금도 꽤 받을 것이다. 나는 백 엔 균일 가게에서 적당히 재료 사다가 셀프 네일이나 해야지, 정도로 생각하고 있었다.

"나오미는 언제 시간이 비어?"

이오리가 웃으면서 고개를 갸웃거렸다.

"응?"

"굉장히 인기가 많은 네일 아티스트여서 친구라도 예약하지 않으면 받지 못하거든."

"어머? 아, 그럼 괜찮아."

"응?"

"그렇게까지 해서 하고 싶지도 않고…."

그렇게까지 신경 써 주는 이오리에게 좀 가시 돋친 말투가 돼 버렸다.

"어째서? 하자. 예약은 좀 나중에 되겠지만, 굉장히 잘해. 봐, 정말로 예쁘잖아?"

"아, 응…."

"하고 나면 기분이 좋아진다니까?"

이오리는 테이블 위에 양손을 펴고, "봐." 하면서 싱글벙글 웃는 얼굴로 나를 보았다.

이오리 미소에 어울리는 고급스러운 바람이 불어, 꿀빛 햇살이 채색한 손가락 위에서 흔들렸다.

정말로 볼수록 예쁜 네일이었다.

게다가 매끄러운 손등과 쭉 뻗은 하얀 손가락은 마치 20대처럼 보였다.

이오리는 날마다 이 손가락으로 반짝거리는 천연석 액세서

리를 만들어서 반짝거리는 사람들에게 팔고 있다.

거기에 비하면 내 손은 보습제를 발라도 날마다의 집안일로 꺼칠꺼칠하고, 포장 작업하는 아르바이트 탓에 생채기투성이다. 아직도 양쪽 손가락에 반창고가 두 개씩 감겨 있을 정도다.

"그 네일, 정말로 예쁘다고 생각하긴 하는데…."

흰살생선 같은 이오리의 손가락을 보면서 나는 내 손을 테이블 아래로 감추었다. 그리고 말을 이었다.

"솔직히 별로 용돈에 여유가 없어서 그만둘까, 해."

말하고는 '헤헤헤' 하고 비굴하게 웃는 내가 너무나 비참하게 느껴져서 테이블 아래로 감춘 손을 꽉 쥐었다.

예쁜 팔찌를 선물 받았다고 신나서 이오리의 네일을 칭찬하다 결국은 이 꼴이 되고 말았다. 분수를 알라고.

나는 나를 나무라는 것으로 평정을 지키고자 했다.

"비용 문제라면 괜찮아. 네일은 내가 하자고 한 거고, 다음 달에 너 생일이잖아. 선물로 내가 낼게."

"아…."

"그러니까, 응, 같이 가자."

1밀리그램의 악의조차 없이 그저 우아하게 미소 짓는 이오리.

"어, 그래도, 미안. 괜찮아."

"어, 왜?"

테이블 아래의 손을 더욱 꽉 쥔다.

"앞으로의 일정을 아직 잘 모르기도 하고."

나는 되도록 가볍게 말할 셈이었는데 이오리는 고개를 갸웃거렸다. 무슨 말이야? 하는 얼굴이다.

"가족 일정도 있어서 먼저 예약을 잡는 건 곤란해."

"그렇구나."

이오리는 간신히 이해를 해 준 것 같았다.

"미안해. 기껏 권해 주었는데."

"아, 아냐. 완전 괜찮아. 근데 말야, 나오미."

"응?"

"가끔은 너 자신을 즐길 시간을 만드는 편이 좋아."

"……."

"조금쯤은 자유를 얻어서 스트레스를 풀어도 벌 받지 않잖아?"

다정한 이오리는 나를 걱정해 주었다. 머리로는 알고 있었다. 너무 충분할 정도로. 그런데 어째서일까? 내 마음은 머리와는 정반대인 부정적 감정으로 부풀어 올랐다.

"이오리에게 그런 말 듣지 않아도 알아."

머리가 아니라 마음이 내 입을 움직였다.

"아…."

이오리 눈이 조금 동그래졌다.

그 몸짓까지 너무 귀엽고 우아하고 매력적으로 보였다. 그러자 그것이 스위치가 되어 내 마음에서 말이 흘러넘쳤다.

"그런 건 충분히 알지만, 그래도 아이가 있으면 현실은 그렇게 되질 않아. 기본, 엄마란 존재는 아이의 사정에 맞춰 예정을 짜야 하는 것. 자유로운 너처럼 내 생각만 하고 있을 여유가 없어."

거기까지 말했을 때 나의 한심한 이성이 발동하여 간신히 입을 다물게 했다.

아, 무슨 소릴 한 거야, 나….

후회가 가슴속에서 한꺼번에 부풀어 올라 기분 나쁜 열을 냈다.

내 한심한 인생을 아들들 탓으로 돌리는 비열함과 선의의 친구에게 무심한 말을 쏟는 비도덕성에 짜증이 났다.

내가 미안, 하고 입을 열려고 할 때,

"미, 미안…."

이오리가 먼저 말했다.

겁먹은 강아지 같은 얼굴을 한 친구를 보니 나까지 슬퍼졌다.

"아…아냐, 나야말로 미안. 이오리, 정말로 미안해."

사과하면서 테이블 아래로 주먹을 더 세게 쥐었다.

"아냐."

이오리가 조그맣게 고개를 저었다.

가로수 가지 위에서 지저귀던 작은 새들이 날아오르고, 거짓말처럼 밝고 파란 하늘이 사라졌다.

고급스러운 바람도 불지 않았다.

테이블 위에는 아프리만치 무거운 침묵이 내려앉았다.

그리고 그 침묵은 내 속에서 생겨난 후회와 죄책감을 무럭무럭 증폭시켰다.

"정말로 이오리, 미안….'

나는 한 번 더 사과했다.

"아냐, 나야말로 미안해."

더 이상 미안의 응수를 해도 소용없다.

나는 '아, 뭔가 나 자신이 너무 싫어졌어….' 하고 혼잣말처럼 중얼거렸다. "왜일까, 머리 한구석으로 멋대로 너랑 나를 비교하고 있어."

"응?"

"이오리 남편은 일로 성공했는데, 우리 공장은 간신히 자전거조업을 하고 있고. 이오리는 자기가 하고 싶은 일 하며 너무나 충실하게 살고 있는데, 나는 하고 싶은 일 하나도 못하고 불평만 가득하고."

“······.”

“왜 이렇게 됐을까.”

여기까지 본심을 말하고 나면 눈물이 나오겠지, 생각하면서 지껄였지만, 실제로 내 눈은 촉촉해지지도 않았다. 명치 언저리가 텅 빈 듯한, 멍한 느낌뿐이었다.

“나오미….”

걱정스러운 눈으로 나를 보는 이오리.

“친구를 질투하다니… 나 정말 최악이야.”

말하고 눅눅한 한숨을 쉬었다.

이오리는 “그렇지 않아.” 하고 말해 주었지만, 액면 그대로 받아들여지지 않았다.

뒤틀린 공기 속에 우리는 각자 식어 빠진 홍차를 마셨다. 그리고 시선을 허둥대면서 다음 대사를 찾았다.

“저기, 이오리.”

내가 먼저 입을 열었다.

“좀 이상한 것 물어도 돼?”

“이상한 것?”

“응.”

이오리는 약간 당황한 얼굴을 하고 “괜찮, 지만….” 하고 작은 소리로 말했다.

"유유상종은 정말로 있다고 생각하니?"

"엥…?"

"응, 유유상종."

"그게 이상한 거야?"

"응."

나는 끄덕였다.

그날, 이오리의 가게 개업 파티에 모인 반짝거리는 사람들. 그들이야말로 이오리에게 '유유상종'이겠지. 하지만 나는 그 파티에서 확실한 소외감을 느꼈다. 지금 새삼스럽게 우리 동네 사람들을 떠올려 보니, 역시 그 파티에는 어울리지 않는다.

"유유상종은…" 약간 조심스럽게 이오리가 대답했다. "음, 있을지도 모르겠네."

"그렇구나. 역시, 그렇겠지."

또다시 한숨을 쉬자, 이오리가 달래듯이 내 이름을 불렀다.

"저기, 나오미."

"응?"

"나, 아까부터 좀 신경 쓰였는데."

"……."

"나오미 말이야, 자기한테 '최악'이란 말 하지 않는 게 좋아."

"어…."

"난 나오미를 최악이라고 생각한 적 한 번도 없기도 하고…, 자기를 최악, 최악이라고 계속 말하면 언젠가 정말로 그렇게 될 것 같은 기분이 들지 않니?"

"……."

대꾸할 말을 찾지 못했다. 그저 명치 언저리의 구멍이 부예질 따름이었다.

이오리는 느릿하고 조심스러운 어조로 말을 이었다.

"내가 '유유상종은 정말로 있다'고 생각한 것은 말야, 우리 남편을 만나며 그 주변 사람들과도 알게 됐잖아. 나와 달리 신선한 분위기의 사람들이 모여 있구나, 하는 걸 느껴서야."

나는 묵묵히 이오리를 바라보았다. 이오리는 다음을 재촉받는 느낌이 들었는지 다음 말을 이어 갔다.

"뭐랄까, 다들 무척 선하고 자유로운 느낌으로, 남과 비교하지 않고 언제나 농담만 하면서 싱글벙글, 기분 좋은 말을 많이 하더라고."

"그랬구나…."

"응. 요컨대 무엇을 해도 행복해 보이는 동료들이었어."

"다들, 부자라는 말?"

"응? 설마." 이오리는 눈을 동그랗게 뜨고 부정했다. "다양한 사람이 있어. 그런 사람들을 만나면서 나도 이런 감성을 갖고 살고 싶다고 생각한 거야."

"흐음."

이오리는 옛날부터 순수했으니까 그렇게 느낀 것이다. 나라면 엄청나게 질투했을 테고, 그 자리에 있는 게 불편했을 것 같다.

"나 말이야, 결혼하기 전에 남편한테 그런 얘길 했어. 당신 주변 사람들은 모두 밝아서 좋네, 라고. 나도 그렇게 되고 싶다고."

"……."

"그랬더니 남편이, 그렇다면 존경하는 선배에게 배운 세 가지 말이 있는데 가르쳐 주겠대."

"세 가지 말?"

"응. 잠깐 있어 봐." 이오리는 토트백에서 네잎클로버 무늬의 수첩을 꺼냈다. 그리고 메모란을 펼쳤다.

"자, 이거 봐. 해마다 수첩을 바꿀 때도 이 말만은 옮겨 적고 있어."

이오리가 내민 수첩에는 과연 메모란 한 페이지를 다 사용해서 세 줄의 말이 쓰여 있었다.

• 자신에게 거짓말하지 않는다.

- 좋다고 생각하는 것은 주저 없이 한다.
- 남을 기쁘게 하면 자기도 기쁘다.

솔직히 말해서 세 가지 다 어딘가에서 들은 듯한 진부한 말이었다. 하지만 그렇다는 말은 하지 못하고, "정말 그러네." 하고 감탄한 척해 보였다.

"그렇지, 좋은 말이지?"

"응, 좋네. 그거, 사진 찍어도 돼?"

"물론."

나는 스마트폰으로 그 페이지 사진을 찍었다. 적당히 계몽된 척하면서.

그런 나를 순수한 이오리는 어딘가 안도한 눈으로 보고 있었다.

"잘 찍혔어?"

"응, 잘 찍혔어. 너는 이 말을 신조로 하는구나."

감탄한 듯이 말하면서 스마트폰을 넣었다.

"신조랄까, 자연스럽게 이렇게 됐으면 좋겠다고 생각하는 거지."

"남편도 이런 사람이야?"

"뭐, 그렇지. 솔직히 나와는 그릇이 다른 느낌."

겸손하면서도 당당하게 자랑한다.

"그럼, 이 말을 이오리 남편에게 가르쳐 준 선배는 어떤 사람이야?"

"그 사람은 대단해. 역 구내나 백화점에서 몸에 좋은 반찬이나 주먹밥 파는 체인점을 열어서 크게 성공한 사람이기도 하고."

"뭐야, 결국 부자인 거야."

"응? 뭐, 그 사람은 그렇지."

너희 집도 그렇잖아, 라고 말할 뻔하다 간신히 삼켰다.

"저기, 나오미."

"응?"

"먼저 말이야, 가족이나 대하기 불편한 시부모님부터 애써 기쁘게 해 주면 어떨까?"

"헐, 뭐야, 그게?"라고 하면서 '남을 기쁘게 하면 자기도 기쁘다'라는 3개 조 중 하나를 떠올렸다.

"그러니까 가정이 밝아지는 게 최고잖아. 만약 부모님을 기쁘게 해 드리면 관계가 개선될지도 모르잖아? 기분 상하는 반응이 돌아온다고 해도 좋은 일 한 나를 좋아할 수 있고."

"……."

"그편이 단순히 기분이 괜찮아질 것 같지 않니?"

나는 갑자기 목 안 언저리에 쓴맛이 나서 꿀꺽하고 침을 삼
켰다. 그리고 억지로 입꼬리를 올렸다.

"그래, 그렇겠지. 좋은 기분이 들겠지."

"그렇지? 그렇게 해서 나오미가 기분 좋아지면, 그게 주위에
번져서 나오미도 점점 즐거워질 거야."

이오리는 느긋하게 웃었다.

다시 고급스러운 바람이 불고, 손질이 잘 된 이오리의 머리
칼을 살랑살랑 흔들었다.

큰일 났다.

무리야.

그만….

나는 테이블 아래로 꽉 쥐고 있던 주먹을 슬그머니 뺐다. 그
리고 손목시계를 티 나게 보았다.

"아, 벌써 시간이 이렇게 됐네."

"어머, 나오미, 이다음에 약속 있어?"

"응, 미안."

말하면서 나는 얼른 일어섰다. 그리고 지갑에서 천 엔짜리
두 장을 빼서 테이블 위에 탁 놓았다. 고급스러운 바람에 날릴
듯한 지폐를 이오리가 황급히 눌렀다.

"어…, 나오미?"

지폐를 누른 채, 이오리가 벙찐 얼굴로 나를 보고 있다.

"그거면 돼?"

"되, 되는 게 아니라 너무 많아."

"많으면 됐어."

"엉?"

"나, 먼저 갈게."

"앗? 잠깐, 나오미."

이오리의 목소리를 등으로 들으면서 나는 카페 안을 저벅저벅 걸어 나갔다. 도대체 잘난 척은.

잘난 척하지 말라고. 말하려면 너도 그 시부모와 함께 살아 보라고. 내가 타인을 기쁘게 하지 않아서 불행한 거라고? 잘되길 바란 적이 없어서 불행한 거라고? 계산대 앞을 지날 때, 평온한 미소로 인사해 주는 점원을 향해, 하마터면 "홍차, 떫고 맛없었어요."라고 말할 뻔했다.

문을 거칠게 밀고 가게를 나왔다.

그대로 역을 향해 저벅저벅 걸었다.

맞은편에서 작은 개를 산책시키는 우아한 백발의 할머니가 다가왔다.

스쳐 지나는 길에 그 강아지가 '캥' 하고 짖었다.

나는 혀를 차며 "최악이네." 하고 할머니 귀에 들릴 정도의 소리를 냈다.

"미, 미안합니다."

할머니 목소리가 등에서 튕겨 나갔을 때 나는 뛰기 시작했다.

오늘 일기는 몇 줄로는 부족하겠네.

그렇게 생각하니 뛰면서 눈물이 번졌다.

◆ ◆ ◆ ◆ ◆

오늘도 먼지 나는 창고에서 열심히 아르바이트를 했다. 단순 작업인 데다 계속 서 있는 일이어서 다리는 막대기가 되고 발은 퉁퉁 부어 신발이 조여 왔다.

돌아가는 길에 역에서 조금 떨어진 곳에 있는 할인마트에 들러 계산대 긴 줄에 섰다.

이제 곧 내 차례다― 할 때, 최근 스튜를 만들지 않았네, 하는 생각이 들었다. 스튜는 남편과 아들들이 제일 좋아하는 음식이다. 숟가락을 한 손에 들고 박박 긁어먹는 세 사람 얼굴을 떠올린 순간, 나는 망설임을 뿌리치고 계산하는 줄에서 벗어났다. 그리고 다시 가게 안을 돌며 스튜 재료를 바구니에 담았다.

장을 다 보고 슈퍼를 나오니 이미 동쪽 하늘은 밤이 되어 가고 있었다.

나는 커다란 비닐봉지를 양손에 들고 주택가를 걸었다. 터벅터벅, 흙처럼 무거운 몸을 끌고.

걸으면서 문득 해가 저물어 가는 하늘을 올려다보았다.

옅은 포돗빛으로 번진 어둠을 가르면서 은빛으로 빛나는 비행기구름이 소리도 없이 뻗어 갔다.

비행기라. 벌써 몇 년째 타지 않았네.

나는 걷는 속도를 늦추고 어딘가 멀리로 기분을 날리면서 '후우' 하고 숨을 토했다.

귀가 후에도 별 다를 바 없는 일상이 이어졌다.

슈퍼에서 산 식재료를 냉장고에 넣고 욕실을 청소하고 스튜를 만들어서 테이블에 차렸다. 그리고 남편과 아들들에게 "밥 먹어." 하고 거실로 불렀다.

가족 네 명이 나란히 저녁을 먹는 날은 한 주에 한 번 있을까 말까 하다. 장남 다이스케는 대학 입시 때문에 학원, 차남 료스케는 동아리, 남편은 잔업으로 귀가 시간이 제각각이다.

모처럼 가족이 모여도 거의 대화가 없다. 텔레비전 예능 프로그램을 보면서 묵묵히 입을 움직이는 아들들에게, "어때, 스튜, 맛있어?" 하고 물어보았다. 그러자 다이스케는 "엉? 응,

뭐….” 하고 의아한 얼굴을 했다. 료스케는 “그럭저럭 맛있어.”
라고 대답했다. 둘 다 악의는 없는 직설적인 대답이란 건 안다.
하지만 이내 텔레비전을 보면서 묵묵히 수저를 움직이는 걸 보
고 나는 한숨을 쉴 뻔했다.

“맛있어. 깊은 맛이 나네.”

옆에서 대답해 준 것은 남편이었다.

남편은 하여간 착한 것만 장점인 사람이다. 학생 시절에는
(만년 후보였지만) 럭비 선수로 외모도 그럭저럭 괜찮았는데, 결
혼 후, 체중이 10킬로그램이나 빠져서 딴사람이 돼 버렸다.

“그럼, 다행이네.”

남편의 응원은 내 목 안에 고여 있던 한숨의 근원을 날려 주
었다. 아주 조금이지만, 슈퍼 계산대 줄에서 벗어난 걸 보상받
은 기분이 들었다.

이윽고 식욕을 채운 아들들은 바로 자기 방으로 사라졌다.
맛있다고 해 준 남편은 반도 먹지 않고 자리에서 일어섰다. 역
시 별로 식욕이 없는 것 같다.

남편이 욕실에 들어가고 그다음 아들들이 들어갔다.

거실에 혼자 남은 나는 텔레비전을 끄고 말없이 설거지를
한 뒤, 남편이 읽다 둔 신문을 정리하고 일반 쓰레기를 갖다 버

리러 나갔다.

소파에 산더미처럼 쌓인 빨래를 개고 있을 때, 료스케의 농구부 유니폼이 나왔다. 이번 4월부터 2학년 주장을 맡은 료스케는 '일단 현(縣) 대회 우승'이라는 목표를 걸고 이른 아침 러닝을 거르지 않고 있다. 그래서 매일 밤, 잠자리에 드는 시간도 이르고, 가족과 대화할 시간이 한층 줄었다.

내 옷보다 훨씬 큰 유니폼을 개면서 아직 어리고 천진난만하던 시절 료스케의 웃는 얼굴을 떠올렸다.

그 시절에는 참 귀여웠지, 생각하니 갑자기 쓸쓸해졌지만, 왠지 미소가 지어졌다.

빨래를 다 개고 나서 남자 세 명이 사용한 욕탕 물을 다시 끓여서 천천히 욕조에 몸을 담갔다.

낮에 서서 일한 탓에 삐걱삐걱 소리가 날 것 같을 정도로 굳은 장딴지를 주무르고 있는데, 문득 아까 본 비행기구름이 떠올랐다.

곧게 뻗어 나가던 은색 궤적.

아, 나 홀로 여행도 나쁘지 않겠어….

몽상하다가 이내 그만두었다. 어차피 나 홀로 여행 따윈 갈 수 없다. 생각만 해도 허무해진다.

"후유…."

김 속에서 한숨을 쉬었더니 이번에는 이오리가 생각났다.

요즘 내 가슴속에서는 부정적인 감정과 이오리의 존재가 엮여 있다. 뭔가 싫은 일을 생각하면 거의 자동으로 이오리 얼굴이 뇌리에 떠오른다. 그리고 명치 언저리가 욱신거리며 아파 온다.

카페에 이오리를 두고 도망치듯 나온 날부터 일주일이 지났지만, 나는 아직 이오리에게 연락을 하지 못하고 있다.

사과하질 못하겠어, 그런 차원의 얘기가 아니라 창피해서 볼 얼굴이 없다는 것이 진심이다.

물론 이오리에게서 연락이 왔을 리도 없다. 그렇게까지 심한 짓을 했으니, 그것도 당연하다. 아무리 심성이 착한 이오리여도 나 따위는 '친구' 테두리에서 제외했을 것이다.

"어휴, 나는 최악…."

불쑥 중얼거린 말이 욕실 안에서 허무하게 울렸다.

욕실에서 나와 머리를 말린 뒤, 다시 아무도 없는 거실로 돌아왔다.

냉장고에서 보리차를 꺼내 컵에 따라 테이블에 앉았다. 그리고 보리차를 마시려고 할 때, 복도로 이어진 거실 문이 열렸다.

얼굴을 쏙 내민 것은 다이스케였다.

목이 말라서 왔나, 생각하는데 다이스케는 "저기." 하면서 드물게 내 앞으로 와서 앉았다.

"응?"

나는 손에 든 컵을 내려놓고 고개를 갸웃거렸다.

"이거, 좀 봐 줄래?"

다이스케는 테이블에 팸플릿 같은 것을 툭 내려놓았다. A4 크기의 얇은 책자로 한가운데 페이지가 펼쳐져 있었다.

"뭔데, 이거?"

말하면서 나는 그 책자를 끌어당겼다.

"학원 팸플릿인데 말야, 그 페이지에 있는 소논문 강좌를 듣고 싶은데."

"소논문?"

"응."

다이스케 말로는 제2지망 대학교 학부의 시험과목에 소논문이 있다는 것이다. 게다가 그 학부에 합격하면 해외 유학 제도를 이용하여 장래 꿈을 이룰 수 있도록 첨단 학문을 배울 기회가 생긴다고 한다.

"그렇구나, 소논문… ."

"일단 제2지망까지 대학에 들어가면 내가 하고 싶은 해양생물학 연구를 할 수 있을 것 같아. 게다가 어디로 가든 세계적으로 유명한 연구를 하는 교수님이 계셔서 뭔가 즐거울 것 같고."

"세계적이라니 대단하네."

"응. 근데 만에 하나 보험으로 넣은 대학에 가게 되면…."

"다이스케의 꿈은 이루어지지 않아?"

"그렇지."

"그렇구나… ."

다이스케는 이미 학원에서 영어, 영어 듣기, 수학, 생물 강좌를 듣고 있다. 솔직히 그만큼도 우리 집으로서는 뼈아픈 지출이었다.

"무리라면 괜찮아. 참고서라도 사서 공부할게."

"아무도 무리라고 안 했다?"

"그렇지만 엄마, 미간을 한껏 찡그렸는걸."

"뭐?"

다이스케의 말을 듣고서야 깨달았다. 나는 얼른 미간의 힘을 빼고, 살짝 미소를 지어 보였다.

"어쨌든 엄마 혼자 정할 수 없으니까 내일 아빠하고 의논해 볼게."

"오케이, 그럼 부탁할게."

담담히 말하고 다이스케는 의자에서 일어났다. 그리고 등을 돌리려고 하는 순간, 나는 아들 이름을 불렀다.

"아, 다이스케."

"응?"

"오늘 밤에도 늦게까지 공부할 거야?"

"오늘은 벌써 졸리니까 그렇게 늦게까지는 하지 않을 거야."

"그럼, 야식 필요 없니?"

다이스케는 잠시 생각하다가 "됐어." 하고 냉담하게 말했다.

"배고프면 냉장고에서 대강 꺼내 먹을게."

"그래…."

"응, 그럼."

잘 자, 라는 인사도 없이 다이스케는 휙 돌아서더니 거실에서 나갔다.

쾅.

소리를 내며 복도로 이어진 문이 닫혔다.

고요해진 거실에 벽시계 초침 소리가 울렸다.

째깍, 째깍, 째깍, 째깍….

고요함이 1초마다 무게를 더해 간다.

참을 수 없어서 나는 텔레비전을 켰다.

본 적 없는 개그맨들의 콩트 프로그램이 흘러나오고 거실에 웃음소리가 가득해진다.

잠시 안도하던 나는 텔레비전 화면에 시선을 고정하고 멍하니 가족을 생각했다.

농구부에 청춘을 걸고 꾸준히 노력하는 료스케.

해양생물학자를 꿈꾸며 입시 공부에 열심인 다이스케.

회사를 일으키려고 날마다 분골쇄신하는 남편.

생각해 보면 세 사람 다 지금 자기가 하는 일을 향해 그야말로 전력 질주하고 있다.

그럼, 나는…?

하마터면 마음의 시궁창에 빠질 뻔했던 나는 황급히 리모컨을 들었다. 그리고 텔레비전 음량을 조금 키웠다. 개그맨들 소리와 관객의 웃음소리가 커져서 의식이 텔레비전으로 이끌렸다. 나의 부정적인 사고는 노린 대로 마비되어 갔다.

그 후 한동안, 나는 별로 흥미도 없는 콩트 프로그램을 물끄러미 보고 있었다. 트리오 중 한 사람은 곤드레만드레가 된 주정뱅이 우체부로 분했다. 불콰한 얼굴로 비틀거리는 우체부는 남의 집 우체통에 적당히 우편물을 넣다가, 그곳에서부터 생각지도 못한 사고가 연발하여 그 결과 점점 웃음거리가 생겨나는, 참으로 잘 짜인 콩트였다.

콩트를 보다가 문득 내 뇌리에 어떤 단어가 내려왔다.

수요일 우체국….

이오리가 말한 그 서비스다.

무심코 벽에 걸린 달력을 보았다. 오늘은 수요일이었다.

트리오의 콩트가 끝났다.

텔레비전에서 시선을 거두자, 순간 이오리의 슬픈 얼굴이 뇌리에 떠올라서 좀 괴로운 기분이 들었다.

"수요일이라⋯."

중얼거리던 나는 텔레비전 전원을 껐다.

째깍, 째깍, 째깍, 째깍⋯.

아무도 없는 거실에 벽시계 초침 소리가 떠돈다.

그렇다. 정화하자.

가슴속에 생겨난 '독'을 말로 변환하여 토해 내는 것이다.

나는 언제나처럼 가방에서 시스템 수첩을 꺼내 이번 주 페이지를 펼쳤다.

그 페이지에는 이미 일요일, 월요일, 화요일, 약한 독을 품은 말들이 가득 적혀 있다.

나는 무심히 그 짧은 일기를 다시 읽어 보았다.

그러자⋯,

독.

독.

독.

거의 저주 같은 말들이 내 속으로 역류할 것 같아 황급히 일기장에서 시선을 뗐다.

잠깐…, 잠깐만….

속으로 중얼거린 나는 한번 심호흡을 했다.

그리고 천천히 페이지를 넘겨 지난주에 쓴 페이지로 돌아갔다.

약한 독투성이인 일주일간.

특히 이오리를 만난 수요일에는 아주 작은 글씨로 분함과 질투와 슬픔과 후회를 엄청나게 써 놓았다.

그 전주의 페이지에도…, 전전주 페이지에도…, 어디까지 돌아가도 내 일상은 약한 독으로 메워져 있었다.

나, 얼마나 독으로 범벅된 인생을 살고 있는 걸까?

생각하니 마음이 돌처럼 차가워져 갔다.

문득, 다정하고 우아한 이오리의 미소를 생각했다.

따뜻해 보이는 가정에 둘러싸인 사유리의 미소도.

그리고 자기가 할 일을 향해 전력 질주하는 가족의 얼굴도.

잠깐, 만….

다시 뇌리로 중얼거리며 나는 눈을 감고 심호흡을 했다.

잠시 후 살며시 눈을 뜨니 혼자 있는 거실에, 귀에 익은 초침 소리가 한층 더 크게 울렸다.

째깍, 째깍, 째깍, 째깍….

내 인생은 이 초침으로 1초씩 깎이고 있다.

지금 이 순간도 무자비할 정도로 정확하게.

페이지를 넘겨서 과거로 돌아가도 오로지 같은 독이 적혀 있을 뿐인 나의 일기.

그렇다면 그다음도 나는 같은 일기를 계속 써 나가게 되는 걸까? 같은 독투성이의 날들을 보내는 걸까?

생각하니 현기증이 날 것 같았다.

일기장을 채운 글씨들을 내려다보았다.

정화는 나쁘지 않을 터다.

하지만 '항상 정화해야 하는 인생'이 좋을 리도 없다.

어째서 그렇게 당연한 것을 나는 여태 깨닫지 못했을까?

째깍, 째깍, 째깍, 째깍, 째깍….

무심하게 깎여 가는 나의 생명.

바꿔야 해….

어느 순간에서.

아니, 가능하면 지금 당장이라도.

기분 나쁜 열을 머금은 초조함이 가슴속에 퍼졌다.

동시에 내 손은 거의 무의식으로 움직였다.

탁, 하고 소리 시스템 수첩을 닫았다.

나는 독으로 완전히 무거워진 시스템 수첩을 내게서 감추듯
이 가방에 넣었다. 대신 노트북을 갖고 와서 테이블 위에 펼쳤다.

이오리….

팔찌 설명을 해 줄 때의 평온한 이오리 얼굴을 떠올리면서
노트북 전원을 켜고 인터넷에 들어갔다.

자판을 두드려 '수요일 우체국'이라고 입력하고 검색해 보
았다.

"있다…."

공식 홈페이지는 바로 발견되었다.

톱 페이지를 열었더니 한적한 해변 사진이 떴다. 아주 작은
항구에 콘크리트 큐브 같은 오래된 건물이 있다. 어쩐지 그 건
물이 전국에서 온 편지를 모으는 '수요일 우체국' 같았다.

각각의 콘텐츠를 보니 프로젝트 콘셉트와 개요, 스태프 소
개 외에 국장의 메시지가 있었다. 메시지를 건성으로 훑다가
문득 어느 한 구절이 눈에 들어왔다.

———

오늘은 수요일.

뭔가 좋은 일이 있었나요?

아니면 힘든 일이 있었나요?

당신이 수요일의 이야기를 써서 보내면,

세상 어딘가에서 당신의 수요일 이야기를

읽어 줄 사람이 생긴답니다.

그리고 세상 어딘가에 사는 누군가의 수요일 이야기가

당신에게 배달된답니다.

———

국장의 메시지는 그렇게 쓰여 있었다.

좋은 일.

힘든 일.

지금 이 순간, 어딘가 멀리서 살고 있는 미지의 누군가도 여러 가지 감정을 안고 있다….

째깍, 째깍, 째깍, 째깍….

거실에 떠도는 초침 소리는 멀리 있는 누군가의 생명도 깎고 있다.

가족도, 친구도, 나도, 모두….

"후유."

짧게 숨을 토했다.

한숨이 아니라 결의의 숨이었다.

내 가슴속에서 '어딘가 멀리'로, 은빛으로 빛나는 비행기구름이 곧장 뻗어 나가는 기분이 들었다.

변해야 해.

나는 홈페이지에서 수요일 우체국의 '공식 편지지'를 다운로드하여 그걸 프린터로 인쇄했다.

편지지에는 수요일 날짜와 본문을 쓰는 공간, 그리고 닉네임, 나이, 도도부현(일본의 행정구역. 일본은 1도都와 1도道, 2부府, 43현이 있다—옮긴이)을 적는 난이 있었다. 아래쪽에는 자르는 선이 있고, 그 선 아래에는 주소와 이름을 쓰는 난이 있다.

요컨대 자르는 선 위로는 미지의 누군가에게 보내는 부분. 자르는 선 아래는 직원이 내게 누군가의 편지를 보내기 위한 주소와 본명을 쓰는 칸이다.

테이블에 놓인 편지지를 물끄러미 바라보았다.

뭘 쓸까….

미지의 누군가에게 보내는 것이다. 일기 같은 독을 품고 싶지 않다.

일단 나는 오늘 하루의 사건을 차례대로 돌이켜보았다.

아침에 눈을 뜨고 이를 닦을 때부터 시작해서, 편지지 앞에서 곰곰이 생각에 잠긴 지금 이 순간까지 반추해 보았다. 그러나 뇌리에 떠오른 것은 독을 품은 불평불만뿐으로 딱히 누군가에게 얘기하고 싶은 사건은 찾지 못했다. 유일하게 마음이 움직인 거라면 비행기구름이 예뻤다는 것 정도다.

하루 중에 감동한 것이 한 가지.

겨우 한 가지뿐?

대체 뭐였나, 나의 하루는….

부정적인 생각에 반응하여 이오리의 얼굴이 스쳤다. 명치끝이 찌릿 아팠다.

그러나 떠오른 이오리 얼굴이 내 오랜 꿈을 떠올리게 해 주었다.

사방이 트인 공간이 있는 아름다운 빵집.

한 주에 두 번은 노란 이동판매 차를 타고 나가서….

신기하게도 그 꿈을 떠올리니 내 가슴속에 그리운 바람이 불어와 심쿵했다. 그건 어딘가 먼 옛날의 연애를 추상할 때 맛본 달콤새큼함과 비슷했다.

그 시절의 나는 내 미래의 이미지 속에 반짝거리는 '뭔가'를 보았던 게 분명하다.

하지만 그 '뭔가'란 무엇일까?

생각하면서 수요일 우체국 편지지로 시선을 떨어뜨렸을 때, 문득 번뜩이는 게 있었다.

"아, 그런가."

나는 무의식적으로 중얼거렸다.

어차피 지금 내 일상에는 딱히 쓸 것도 없고, 미지의 누군가에게 알릴 만한 가치도 없다. 일기처럼 독을 쓰는 건 말도 안 된다. 그렇다면 그 시절 내 꿈을 '이루었다'라는 전제로 '공상의 수요일'을 쓰면 되지 않을까. 그편이 나도 기분이 좋아질 테고, 편지글도 줄줄 매끄러워질 것 같다.

바뀌어야 해, 나.

나는 옆에 준비해 둔 볼펜을 들었다.

그러나 이내 생각을 고치고 텔레비전 옆 서랍에서 만년필을 꺼냈다.

공상 속의 나는 분명히 만년필을 쓸 터.

어쨌든 꿈을 이루어 행복하게 사는 인생 성공한 사람이니까.

나는 살며시 눈을 감았다.

그리고 이상대로 충실한 날들 속에 있는 나를 그려 보았다.

아담하지만 청결하고 사랑스러운 인테리어를 한 가게. 웃는 얼굴이 멋진 직원들의 '어서 오십시오.' 하는 밝은 목소리. 갓 구운 빵의 고소한 냄새. 청명한 공간에서 나는 향긋한 커피 향. 그리고 무엇보다 만족스러워하는 손님들의 환한 얼굴.

아까보다 조금 밝아 보이는 편지지에 만년필 끝을 살짝 올렸다.

그러자 특별히 말을 생각했던 것도 아닌데 만년필이 술술 미끄러졌다.

나의 수요일을 읽어 주실 당신, 처음 뵙겠습니다. 안녕하세요.

시작은 그렇게 썼다.

저는 작은 빵집 주인입니다.
오늘은 아침부터 날씨가 좋아서 손님들도 싱그럽게 웃는 얼굴로 가게를 찾아 주었습니다. 우리 빵 중에서 특히 인기 있는 빵은 표면은 바삭하고 안에는 크림을 듬뿍 넣은 멜론 빵과 들어 보면 묵직한 식빵입니다.

거기까지 쓰고 나는 '하아…' 하고 숨을 토했다.
꿈에서 깨지 않도록 애쓰며 나는 또 공상의 세계로 돌아가 다음을 계속 썼다.
단골과의 대화가 즐거웠던 것. 옛날 친구들도 가게에 와 준다는 것. 그리고 오늘은 고교 시절 친구 생일이어서 서프라이즈로 특별한 케이크를 구워 주었더니 무척 기뻐했다는 것.

가게는 너무 잘 돼서 점포가 세 군데로 늘었다고…, 오너이긴 하지만 이동판매를 나가는 것은 언제나 나와 직원. 둘이 사이좋게 이웃 마을에 있는 단지나 맨션 근처에 가서 빵을 팔아 점점 가게 팬을 늘려 간다. 이동판매에서는 많은 만남이 있어 나는 언제나 손님과의 교류에 자극받고 치유 받는다. 아이들이 왔을 때는 탁구공 크기의 초코 도넛을 선물. 이 서비스가 또 호평이다. 아이들은 기뻐하며 가늘어진 눈으로 나를 올려다보며 '고맙습니다.' 하고 웃는 얼굴로 인사한다. 그 웃는 얼굴이야말로 일하는 나의 에너지가 돼 준다. 그런 식으로 하루하루를 즐겁게 사는 나를 이따금 세련된 여성 잡지가 다뤄 주어서 가게는 한층 더 번창하고 있다.

일은 좋아하지만, 공상 속의 나는 가정을 소홀히 하고 싶지 않다. 남편과는 신혼 때처럼 사이가 좋고 아들들에게도 매일 맛있는 도시락을 만들어 준다, 라고 말하고 싶지만, 실은 이따금 빼먹기도 한다. 왜냐하면 가족은 모두 내 일을 이해해 주어서 오히려 "엄마, 조금은 대충 해요."라고 말린다.

그런 다정한 가족 덕분에 나는 오늘도 '나다운 수요일'을 보내고 있습니다.

거기까지 쓰다가 일단 펜을 멈추었다.

만년필이 떨릴 것 같았기 때문이다.

무심코 눈을 깜박거렸더니…,

뚝.

뚝.

편지지 위에 눈물이 떨어졌다.

두 번째 방울은 '그런 다정한 가족'에서 '다정' 위에 떨어져 만년필 잉크가 천천히 번졌다.

나는 황급히 휴지로 눌러서 빨아들였다. 이미 '다정'은 거의 지워졌다.

다정—이 지워졌다.

그걸 보니 한층 더 슬픈 마음이 들어서 또 휴지를 두 장 겹쳐 들고 눈두덩을 꾹 눌렀다.

내 인생, 어디에서 잘못된 걸까….

지금 조금이라도 소리를 내면 오열할 것 같았다.

그래서 나는 목에 힘을 꾹 주고 소리를 죽여 울었다. 울면서 다시 만년필을 들었다.

아직 나의 수요일은 완결되지 않았다.

코를 훌쩍이며 왼손에 든 티슈로 눈물을 닦으면서 다시 공상의 수요일을 썼다.

최근, 알게 된 일이 있습니다. 사람이 행복해지기 위해서는 몇 가지 법칙이 있다는 것입니다. 예를 들면 내가 지금까지 실천해 온 것으로는….

울고 있던 나는 눈물이 날 만큼 행복한 성공자가 되어, 약간 거만하게 써 보았다. 하지만 내가 생각해도 그다지 설득력이 없다는 생각이 들어서 말꼬리에 이내 '~지도 모릅니다', '~가 아닐까요?'라고 썼다. 좀 힘이 없는 문장이지만 그래도 괜찮다. 이미지 속의 나는 그렇게 해서 행복을 거머쥐었으니까.
그리고 편지 마지막에는 이렇게 썼다.

당신과 당신 주변 사람들 미래가 최고로 반짝이는 것이기를. 언제나 웃는 얼굴로 지내기를. 당신이 당신답게 있기를. 나의 수요일을 읽어 주어서 감사합니다.

나는 멀리 누군가의 행복을 진심으로 기도하면서 울고 있었다.

그리고 문득 생각나서, 아까 눈물로 지워진 '다정'에 새로 글씨를 써 넣었다.

한 획, 한 획에 마음을 담아 최대한 정성스러운 글씨를.

◆ ◆ ◆ ◆ ◆

구수한 된장국 향이 주방에 떠돌았다.

작은 접시에 덜어서 간을 보니 당연하지만, 평소와 다름없는 맛이다.

수요일의 편지를 쓴 다음 날 아침도 나의 일상은 별로 달라지지 않았다. 언제나처럼 일찍 일어나서 담담히 아침을 차리고 아들들 도시락을 쌌다.

한참 후, 낡은 복도가 삐걱거리는 소리가 났다. 거실 문이 열리고 나른한 얼굴을 한 남편이 들어왔다. 뒤통수 머리칼이 안테나처럼 삐죽 서 있어서 웃겼다.

"잘 잤어?"

주방에서 내가 말을 걸자, 남편은 의자에 앉으면서 "응, 잘 잤" 하고 말하려다 나를 다시 보았다.

"눈이 부은 것 같네?"

"아, 그래?"

시침 떼는 나를 보더니 남편의 졸린 듯한 눈이 가늘어졌다. 웃는 것이다.

"하니와(일본 고분에서 나온 장식물로, 흙으로 구워 만든 인형으로 토우의 일종―옮긴이)같이 생겼네."

"무슨 실례의 말을. 자기도 머리에 안테나 꽂은 로봇 같으면서."

그렇게 말하고 살짝 노려봤지만, 일단 이 사람은 나의 변화를 알아봐 준다고 생각하니 조금 미소가 지어졌다.

나는 다이스케가 학원에서 소논문 강좌를 듣고 싶어 한다고 얘기했다. 그러자 남편은 까치집 지은 머리를 쓰다듬으면서 잠시 생각하는 모습이었지만, 이내 "뭐, 듣게 해 줘."라고 했다.

이윽고 아들들도 거실로 와서 언제나의 무심하고 분주한 아침이 시작됐다.

제대로 맛도 보지 않고 입에서 위로 밀어 넣을 뿐인 아침. 평소 반 정도 먹고 식사를 마친 남편을 시작으로 줄줄이 나갈 준비. 다이스케, 료스케 순서대로 집을 뛰쳐나갔다.

나는 이 아침에도 세 사람의 등에 대고 "다녀와."라고 말했다.

자, 다음은 내 차례다.

얼른 최소한의 화장을 하고 작업하기 쉬운 것만이 장점인 옷을 입었다. 이오리의 팔찌를 떠올렸지만, 그대로 서랍에 넣어 두었다. 현관에서 운동화를 신고, 아무도 없는 집을 향해 "다녀오겠습니다." 하고 중얼거렸다.

문밖으로 나가니, 레몬색 아침 해에 눈이 가늘어졌다.

하늘은 투명감 넘치는 푸른색 일색이다.

역을 향해 걷던 나는 도중에 늘 가던 길에서 다른 길로 샜다. 우체국 앞에 있는 우체통에 들르기 위해서였다.

어깨에 멘 가방에는 어젯밤에 쓴 '수요일 우체국' 앞으로 보낼 편지가 들어 있다. 고작 봉투와 편지지뿐인데 그것이 있다고 생각하는 것만으로, 뭔지 모르게 평소보다 가방이 무겁게 느껴지는 것이 신기했다.

모퉁이를 돌자, 우체국 간판이 보였다.

그렇게 생각해선지 보폭이 작아졌다.

이런 편지…, 받는 사람은 주눅이 들지 않을까.

실은 오늘 아침 봉투를 가방에 넣을 때부터 줄곧 그런 생각을 안고 있었다. 어쨌든 이 편지 내용으로 보면 처음부터 끝까지 주야장천 성공한 에피소드 나열뿐이니까. 내가 받는 사람이라면 몇 줄 읽고 코웃음 칠 것 같다.

문득 뇌리에 이오리의 얼굴이 스쳤다.

애초에 이런 편지를 쓸 여유가 있었으면 진지한 마음으로 이오리에게 사과 편지를 써야 하지 않나, 하는 생각도 들었다.

그럭저럭하는 사이에 우체국에 도착했다.

우체국은 아직 열지 않았지만, 눈앞의 보도에 우체통이 있다.

나는 가방에서 편지를 꺼냈다. 그대로 우체통 투입구까지 편지를 가져갔지만, 아슬아슬한 곳에서 넣기를 주저했다.

어떡하지. 역시….

그렇게 생각한 순간, 바로 뒤에 엽서를 들고 서 있는 노령의 남성을 발견했다.

"앗, 죄, 죄송합니다."

재촉을 받은 것도 아닌데 나는 황급히 편지를 우체통에 넣었다. 그리고 그대로 저벅저벅 역을 향해 걸어갔다.

보냈어, 진짜로….

낮게 뜬 아침 해가 정면으로 나를 비추었다.

너무 눈이 부셔서 시선을 조금 떨어뜨리고 걸었다.

그 편지가 없어진 분만큼 가방이 가벼워졌다. 한편으로는 마음의 한 단면도 함께 잃어버린 듯한, 묘한 상실감도 맛보았다.

내 꿈을 누군가에게 주었기 때문일까.

그렇게 생각하니 뭔지 모르게 이해되는 것이 있었다.

어젯밤, 그 편지를 쓰면서 공상의 세계에 있을 때 나는 마음 속 물가에서 울면서도 설레는 기분이 들었다. 요컨대 흘린 눈물의 반은 '행복한 눈물'이었을 것이다.

역에 가까워졌다.

버스 로터리 바로 앞에서 건널목을 건넜다.

파출소 앞을 지나려고 할 때, 정면에서 책가방을 멘 어린이 둘이 타다다닥 발소리를 내면서 달려왔다. 4학년과 2학년쯤으로 보이는 남자아이들이었다. 얼굴이 닮은 걸 보아 형제 같다. 두 아이는 그저 달릴 뿐인데 치아가 보일 정도로 환하게 웃고 있다. 형은 조금 천천히, 동생은 필사적으로 달려서 따라간다.

스쳐 지나가는 순간, 아이들이 일으킨 귀여운 바람을 느꼈다. 그 바람은 무척 자연스러운 느낌으로 내 기억을 과거에서부터 끌어내 주었다. 아들들이 책가방을 메고 다니던 시절의 기억이다. 생각해 보면 그 시절의 나는 지금보다 많이 웃었다. 아이들과 함께 사소한 일로 깔깔 웃었고, 한편으로는 걱정하고, 화내고, 슬퍼하기도 했다.

감정이 꿈틀꿈틀 움직였다.

지금보다 '살아 있었다'라고 말해야 할지도 모른다.

역에 도착했다.

인파에 섞여 에스컬레이터를 탔다. 에스컬레이터는 조금씩

고도를 더해 가고, 거기에 비례해 내가 내려다볼 수 있는 세계도 넓어졌다.

에스컬레이터에서 내려 역 중앙 홀로 걸어갔다.

그때, 나는 생각했다.

또 누군가에게 수요일의 편지를 써 볼까.

이번에는 과거의 꿈을 소재로 공상하는 게 아니라, 현재 나에게서 출발한 미래를 그리며 설레는 수요일을 쓰는 것이다.

아르바이트와 집안일로 지친 날에는 펜을 들지 않아도 된다. 하지만 이불 속에서 설레는 공상 정도는 하자. 그것뿐이라면 피곤하지도 않고, 감정은 제대로 움직인다. 그리고 그 순간의 나는 분명 '살아 있을' 터이니까.

살아 있으면 잠도 잘 올 것이다. 잠을 잘 자면 아침 컨디션도 조금은 좋아질 것이다. 단지 그것만으로도 나는 어제의 내가 아니게 될 것이다. 작지만, 그것은 진보가 아닐까. 내가 달라졌다는 것이다.

정화라는 이름의 '독을 토하는 일기'에 의지하는 생활은 그만두었다.

하지만 스트레스가 너무 쌓였을 때는 특별히 쓰기로 하자. 일기에 독을 때려 부은 뒤에 멋진 미래를 공상하면 된다. 그것으로 플러스마이너스 제로.

언제나의 혼잡한 역 개찰구를 빠져나왔다.

언제나의 플랫폼을 향해 걸었다.

이제부터 나는 언제나의 전철을 타고, 언제나의 먼지 나는 창고에 들어가서, 언제나 건방진 연하의 상사에게 턱으로 지시를 받겠지.

생각만 해도 좀 짜증이 나지만, 그래도 이제 나는 어제까지의 내가 아니다. 공상이건 무엇이건 미래를 그릴 수 있는 내가 됐다.

플랫폼에 도착하자 마침 전철이 들어왔다.

출근 러시의 전철 안에는 고뇌의 표정을 띤 샐러리맨들이 꽉꽉 차 있었다.

모두 살아 있구나, 생각했다.

그랬더니 나도 모르게 뺨이 느슨해졌다.

이상한 사람 같다.

전철 문이 열렸다.

우르르 홈으로 떠밀려 나온 승객들이 다시 차 안으로 돌아갔다. 사람이 탈 수 있는 여지는 조금도 보이지 않는다. 그래도 나는 언제나처럼 밀어붙이기. 등부터 '으이쌰' 하고 차량 속으로 몸을 비틀어 넣었다.

파이팅, 나.

미래의 나를 공상할 때는 이런 전철 타지 않도록 해 줄게.

가슴속으로 중얼거렸더니 언제나의 1.5배 힘으로 버틸 수 있게 된 것 같다.

이 버팀.

이것도 진보이지 않은가.

평범한 일상에 있는 평범한 진보다.

'지극히 평범한 보통 사람들이 제각기 다양한 생각을 가지고 필사적으로 살고 있는 얘기를 읽으면 이게 뭔가 뭉클해지는 게 좋더라고.'

그날, 이오리가 한 말을 떠올렸다.

나는 살아 있다.

지금 나를 전철에서 밀어내려고 하는 평범한 사람 속에서 평범하게, 필사적으로, 살고 있다.

누구나 여러 가지 생각을 품고 필사적으로 살고 있다.

전철 문이 닫히고, 천천히 움직이기 시작했다.

나쁘지 않네, 그런 것.

필사적인 게 어디가 나빠?

평범함을 인정하게 됐다면 그것도 진보이지 않은가.

그렇게 생각하니 또 뺨이 느슨해지고…, 근데 왜일까, 아주 조금 눈꼬리에 눈물이 번졌다.

전철이 흔들려서 양다리에 힘을 주었다.

콩나물시루 같은 전철도 필사적으로 차체를 삐걱거리면서 속도를 올렸다.

전철 창문 너머로 밝은 바깥 풍경을 보았다.

익숙한 거리.

그 위에 펼쳐진 쾌청한 하늘은, 내게는 아직 너무 파란 느낌이 들었다.

2장

이마이 히로키의 등대

5월의 밤하늘에 야무진 초승달이 떠 있었다.

동네에 생긴 공중목욕탕의 노천탕에 몸을 담그고 나는 그 달을 무심히 올려다보고 있었다.

"하아…."

무심결에 기운 빠진 소리가 흘러나왔다.

오늘은 잔업도 하지 않았는데 왠지 목에서 등까지 권태감이 달라붙어 있다. 얼마 전, 갓 서른세 살을 맞이했는데 피로감은 마흔 줄 레벨에 이른 것 같다.

머리에 타월을 올린 고누마 다케시가 쿡쿡 웃으면서 나를 보았다.

이 녀석은 예전에 나와 같은 회사에서 일했던 동기로, 지금은 빌딩 청소 일을 하면서 프리랜서로 일러스트를 그리고 있다. 언젠가는 일러스트로 먹고살 생각인 것 같지만, 현재 상태는 일이 적은 데다 단가가 싸서 좀 어려운 것 같다.

"샐러리맨은 날마다 피곤하다고."

나는 일부러 눈썹을 여덟팔자로 만들며 대답했다.

"아하하. 뭐, 너희 부서는 시시한 인간관계 때문에 스트레스 쌓일 것 같긴 하지만 말이다."

예전에 같은 회사에 있었던 터라 고누마는 내가 처한 상황을 잘 알고 있다.

"쳇, 너 같은 프리가 부럽다."

"그렇지? 근데 말해 두지만, 돌려막기 식으로 사는 프리는 불안과 빈곤과의 싸움이야."

고누마가 자학 대사를 읊으며 씩 웃었다.

"인간관계의 스트레스를 견디는가, 불안과 빈곤을 견디는가, 문제는 그거네."

"뭐, 일장일단이 있는 거겠지."

샐러리맨과 프리랜서는 일장일단.

고누마를 만날 때마다 몇 번이고 되풀이해 온 대화다.

고누마와 나는 집이 가까운 데다 묘하게 죽이 잘 맞는다. 그래서 한 달에 두 번쯤은 일이 끝난 뒤 동네 술집에서 한잔하고 노래방에 가거나 이렇게 공중목욕탕에서 느긋한 시간을 함께 보낸다.

"아참, 이마이, 우리 그룹전 올 수 있겠냐?"

"응, 갈 생각."

고누마는 다음 주, 일러스트레이터 동료 몇 명과 그룹전을 연다. 지난달, 초대 엽서를 받았는데, 깜박 잊고 답장하지 못했다.

"이번 그룹전은 '바다'가 테마여서 말이야, 작품 그리면서 무척 기분이 좋았어."

"기분 좋게 일을 하는 게 부럽네. 그러고 보니 너희 본가, 바다 옆이었지?"

"맞아. 그래서 어릴 때 보았던 풍경이나 영락한 항구마을 등등, 그리고 싶은 게 많았어."

고누마는 뜨거운 물에 어깨까지 푹 담그면서 천진난만한 소년의 눈으로 창작에 관해 이런저런 얘기를 했다.

나는 착실하게 꿈을 이루어 가는 친구가 조금 멀리 느껴졌지만, '아', '헐', '그러냐' 등등, 짧게 맞장구를 쳤다. 대답하면 할수록 내 속의 시커먼 안개 같은 감정이 뭉글거리며 올라오는 게 느껴져서 괴로웠다.

솔직히 말하면 나도 '그쪽' 사람인데. 하지만 지금은….

예전에 나는 지방 미술대학교에 적을 두고 있었다. 전공은 그래픽디자인과.

당시에는 순수하게 '그림책 작가가 되고 싶다.'는 꿈을 안고 있었지만, 졸업하고 갑자기 프리랜서가 되겠다고 나서는 건 무모하다는 생각이 들어서 일단은 진지하게 취업 활동을 했다. 그러나 입사를 갈망했던 네 군데 대형 출판사 면접에서 전부 떨어졌다.

유일하게 합격한 회사는 출판사가 아니라 자질구레한 문구를 기획 개발하는 회사였다. 그 회사에는 '디자인부'라는 부서가 있고, 그곳에서 자사 상품을 디자인하는 것이 좀 마음에 들어서 '보험'이라는 생각으로 지원했었다.

별로 내키지 않은 마음으로 입사했지만, 미대를 졸업한 나는 희망한 대로 디자인부에 배속됐다. 그리고 그곳에서 만난 사람이 동기인 고누마였다.

감사하게도 디자인부 일은 내 체질에 맞았다. 어쨌든 내가 그린 그림과 디자인이 세뱃돈 봉투가 되고, 편지지 세트가 되고, 포스트잇이 되어 문구점에서 팔린다. 그것이 너무 기뻐서 나는 잔업도 마다하지 않고 일했다.

내 손으로 만들어 낸 상품 중에 이른바 '대박'은 없었지만, 소소한 히트는 몇 가지 있었다. 그런 상품은 꼭 시골 부모님께 보냈다. 그러면 기뻐하는 엄마 전화가 걸려 왔다.

신입사원이긴 하지만, 명함에는 '프로덕트 디자이너'로 나와 있어서 한껏 크리에이터임을 뽐낼 수 있는 데다 매달 월급도 꼬박꼬박 받았다. 자유로운 부서여서 인간관계도 좋고 슈트에 넥타이를 매지 않아도 됐다.

그런 샐러리맨 생활에 나는 상당히 만족하여 출판사에 붙지 않길 잘했다고 생각하기도 했다.

그런데 입사하고 2년 반이 지났을 무렵, 같이 즐겁게 일했던 고누마가 "나, 슬슬 회사 그만둘까 봐." 하는 말을 꺼내는가… 싶더니, 그대로 사표를 내 버렸다. 고누마가 상사에게 전한 퇴사 이유는 '프로 일러스트레이터가 되고 싶어서'였다.

꿈을 향해 날갯짓하기 시작한 동기의 존재는 나의 마음을 동요하게 했다.

요컨대 나는 '그 녀석에게 선수를 빼앗겼다.' 하고 초조해하면서도 마음 어딘가에서는 '고누마를 관찰하여 언젠가 프리가 될 때 참고하면 돼.' 하는 비열한 생각을 품었다.

프리가 된 고누마는 좀처럼 수입이 안정되지 않아, 빌딩 청소 아르바이트를 했다. 그리고 그런 상황을 본인에게 직접 들으면서 내 마음은 어딘가 안도했다. 그 결과, 고누마에게 대단한 질투심은 느끼지 않게 됐다.

친구가 성공하길 바란다. 하지만 대성공한 모습은 별로 보고 싶지 않다….

그런 모순을 안은 나는 고누마가 독립한 뒤 줄곧 이상한 답답함을 안고 지냈다. 입사 5년째가 되자 신입 여성 사원이 두 사람, 디자인부로 배속됐다. 그리고 그 두 사람에게 떠밀리는 모양새로 나는 영업부로 이동했다.

신입사원들은 그림도 디자인도 빼어난 감각을 갖고 있었다. 그들의 싱싱한 재능은 지금까지 업계에 존재하지 않은 신선한 아이디어를 속속 내고, 하나하나 예쁜 꽃을 피워 나갔다. 내가 빠진 디자인부는 히트 상품을 연속으로 내서 사내 평가는 점점 높아졌다.

팔방미인의 활약을 보이는 그녀들 소문은 영업부에서 땀을 흘리는 내 귀에도 자주 들려왔다.

"그 친구들은 재능이 있어서 머잖아 프리가 될 것 같네."

그런 소문을 들을 때마다 나는 축축한 한숨만 토했다.

날마다 답답한 슈트를 입고 익숙하지 않은 영업을 발바닥 닳도록 돌아다니는 일상에 얼른 안녕을 고하고 과감하게 프리가 돼 버릴까. 그런 생각이 하루하루 강해져 갔다.

그러나 가볍게 걷어차도 무너질 것 같은 싸구려 다세대 주택에 살고 있고, 얼굴 마주칠 때마다 "돈이 없어." 하고 쓴웃음 짓는 고누마를 보고 있으니, 좀처럼 자유를 향한 한 걸음은 내딛기 어려웠다.

'돌 위에서도 3년(차가운 돌 위에서도 3년 있으면 따뜻해진다는 말로, 어떤 일이든 3년을 하면 성과가 나타난다는 뜻—옮긴이)'이라고 했어, 하고 나를 달래며 영업을 계속하는 동안에 세월은 줄줄 흘렀다. 사내 소문대로 두 천재 여성 사원은 회사를 그만두고 각각 디자이너로 독립했고, 나는 총무부로 발령이 났다.

내 명함에는 '과장'이라고 찍혔다.

출세는 비교적 빨랐다. 하지만 관리직이 된 이상, 디자인부의 '실동부대'로 돌아갈 가능성은 제로가 돼 버렸다.

10년…, 돌아보면 눈 깜짝할 사이였지만, '돌 위'에 계속 앉아 있는 시간이 너무 길지 않았나….

그런 생각을 하다 무심코 한숨을 쉴 뻔했을 때,

"어이, 이마이, 듣고 있냐?"

머리에 수건을 올린 고누마가 눈썹을 여덟팔자로 올리고 불만스럽게 말했다.

"어? 아, 응, 듣고 있어."

목 끝까지 나온 한숨을 삼키고 대답했다.

"그럼 내가 지금 뭐라고 했는지 말해 봐."

고누마가 웃으면서 장난스럽게 말했다.

"어, 그러니까…, 고향의 바다에 들어가서 촬영한 수중 사진을 모티브로 그린 몇 가지 그림을 전시한다며?"

"몇 가지가 아니고 세 가지야."

"아, 응. 그러냐. 그리고 이번 전시회에서는 작품을 디지털 리토그래피로 해서 각각 일련번호를 매겨서 20매씩 판다고?"

"어라, 뭐야. 잘 듣고 있었네."

"그러니까 듣고 있다고 했잖아." 대답한 나는 일부러 웃어 보였다. "노천탕에 앉아 있으니 달을 보면서 듣고 있었다고."

"그러냐. 그럼 됐지만."

탕에 너무 오래 있었던 우리는 일단 일어서서 노천탕 가장 자리에 나란히 걸터앉았다. 스르륵 지나가는 초여름 밤바람이 뜨거워진 등을 식혀 주었다.

"이번 그룹전은 말이야, 지금까지 전시회보다 훨씬 규모가 커서 출판사 편집자나 광고대행사 프로듀서들에게도 일일이 공지를 보내고 있어."

고누마가 그다음 말을 이었다.

"좋겠네. 일이 늘어날 거 아냐."

"그렇지? 참가한 화가끼리 인맥을 동원한다고 할까, 그렇게 해서 서로 활동의 폭을 넓히려고 해."

"오호. 상부상조란 거네."

"바로 그거. 나도 인제 일러스트만 해서 먹고살아야지."

"어, 그러냐?"

"응."

"진짜야?"

"일이 조금만 더 늘면 할 수 있겠지. 빌딩 청소 그만두면 그만큼 일러스트도 더 그릴 수 있게 될 테고."

"그렇구나."

"응."

"좀 대단하다, 너···."

내 입술에서 불쑥 본심이 흘러나왔다.

고누마의 옆얼굴을 보니 그 입가에는 작은 미소가 서려 있다. 꿈을 꾸는 소년 같은 아득한 시선으로 야무지게 뜬 초승달을 올려다보고 있었다.

이 녀석, 언젠가 진짜가 될지도 모르겠는걸···.

나는 속으로 중얼거렸다.

수련 중인 고누마에게는 굳이 말하지 않았지만, 내 미대 시절 친구 중에는 프로 사진가로 활동하는 녀석과 그야말로 일러스트레이터로 독립한 녀석도 있다. 최근에는 인터넷에 네 컷

만화를 발표하다 그것이 출판사 눈에 띄어서 어어 하는 사이에 10만 부 베스트셀러를 낸 녀석도 있고, 동창생 중에는 상당한 '유명인'이 된 녀석들이 있다.

그런 녀석들과 비교하면 고누마는 늦된 병아리다.

하지만 붓 하나로 성공하기 위해 노력하는 전 동료의 등은 활시위처럼 팽팽하게 뻗어 있고, 내 눈에는 그것이 슬플 정도로 눈부시게 비쳤다.

"아 참, 완전히 다른 얘긴데." 갑자기 고누마가 넓은 바위탕 안을 가리켰다.

"전부터 생각했는데, 저거, 어째서 머라이언(싱가포르의 상징물로 사자 머리에 물고기 꼬리가 달린 상상의 동물—옮긴이) 짝퉁 같이 만들었을까?"

고누마가 가리킨 곳에는 대욕조를 향해 입에서 콸콸 뜨거운 물을 토해 내는 야수 같은 석상이 있었다. 그건 성인 남자의 키 정도 돼서 어딘지 모르게 오키나와의 수호 동물 시사를 닮기도 했다.

"음, 여기 주인이 오키나와 사람이어서?"

나는 생각난 것을 웃으면서 적당히 말했다.

"과연. 근데 말이야, 다리가 두 개란 게 거슬린다고 할까, 새삼 자세히 보니 약간 징그럽네."

"아하하, 너무 초현실적이긴 하네."

고누마가 웃음을 터트리고는 계속했다.

"분명히 웃긴 석상을 만들겠다고 하는 장난기가 있었을 거야, 이 집 주인에게."

"장난기…."

말하면서 나는 시시한 화제를 싱글벙글거리며 말하는 고누마의 옆얼굴을 보았다.

이제 곧 전업 화가가 될 친구….

그렇게 생각하면서 바라보니 여러 가지 의미에서 진지한 생각이 끓어오른다.

"고누마…."

"응?"

전직 동료가 이쪽을 돌아보았다.

"새삼스럽지만, 너, 회사 그만둘 때 무섭지 않았냐?"

"어, 뭐야, 갑자기."

고누마는 웃으면서 고개를 갸웃거렸다.

"그냥… 어땠을까 싶어서."

그러자 고누마는 알몸인 가슴 앞에 팔짱을 끼고 그 시절을 떠올리는 듯 했다.

"뭐, 불안은 있었지."

"그러냐."

"그야 누구나 그렇겠지?"

"용기 있었다, 너."

한숨 섞인 본심으로 칭찬했더니 고누마가 열없는 표정을 지었다. 나는 쑥스러움을 숨기며 말을 계속했다.

"아니면 너, 옛날부터 앞뒤 생각 없는 타입?"

"아하하." 고누마는 짧게 웃었다. "뭐, 앞뒤 생각하지 않는 것도 있을지 모르겠지만 말이야. 그래도 그것뿐만은 아닌 것 같아."

"……"

"뭐랄까…, 이 집 주인은 아니지만, 단순히 '장난기'가 이긴 건지도."

"장난기?"

그런 것으로 회사를 그만둘 수 있나?

"응. 인생을 심각하게 생각하는 사람은 심각한 인생을 보내게 되고, 인생 따위 놀이라고 생각하고 즐겁게 생각하면 인생그 자체가 놀이가 되는 거잖아?"

그런 철학 같은 대사를 멀쩡하게 웃는 얼굴로 말하다니, 내뇌수가 정지될 것 같았다.

"헐, 뭐야, 그거…."

"그러니까 말이야, 요컨대 기껏 세상에 태어났는데 놀지 않으면 손해라고 생각해. 하고 싶지 않은 일만 하는 사이에 인생이 끝나다니, 너무 싫지 않냐?"

"으음…."

고누마의 말이 너무나 정론으로 들려서 찍소리도 할 수 없었다. 하지만 내 마음 한구석에는 아주 현실적이면서 지루한 반론이 숨바꼭질했다.

너도 말이야, 혹시 인생의 '실패'를 깨닫는다면 그런 멋있는 말은 할 수 없지 않을까?

물론 그 말은 내 속에 담아 두었다.

"그런 생각이어서 뭐 별로 남들보다 더한 용기가 있었던 게 아니라, 단순히 장난기로 퇴사한 거야."

"그러냐…."

"게다가 나는 독신이고, 너처럼 약혼자가 있는 것도 아니어서 마음 편하게 지낼 수 있었지."

거침없이 말하고, 고누마는 다시 뜨거운 물에 어깨까지 몸을 담갔다. 밤바람이 불어서 상반신이 조금 쌀쌀해졌다. 나도 옆에 앉으면서 "그렇구나." 하고 끄덕였다.

다시 초승달을 올려다보았다.

약혼녀인 카키자키 테루미가 웃을 때 저런 모양의 눈이 됐지, 하고 생각하면서.

그리고 나는 내게 들려주듯이 말했다.

"뭐, 일단은 생활이 안정돼야 했으니까, 나는."

"응. 일장일단이 있지."

언제나의 고누마 말에 "그렇지." 하고 대답하며 끄덕이고, 또 아까처럼 '하아…' 하고 김빠진 소리를 김 속에 토해 냈다.

"뭐야, 너, 정말로 괜찮나?"

웃으면서 말하는 고누마에게 나는 일부러 당당하게 대답했다.

"그러니까 샐러리맨은 날마다 피곤하다고."

✦ ✦ ✦ ✦ ✦

남쪽을 향해 반도의 끝까지 차로 내려가자, 그곳은 바다에 인접한 공원이었다.

눈앞에 펼쳐진 잔디는 초여름 햇볕을 받아 눈부실 정도로 푸르디푸르렀다.

잔디 너머는 적자색 물가이고 그 끝은 검푸른 바다.

왼쪽으로는 백악의 등대가 솟아 있다.

나와 약혼자는 너울거리는 검푸른 바다를 바라보면서 물가를 따라 구불구불 뻗은 산책길을 걸었다.

"역시 바다는 좋네."

나보다 조금 앞을 걷던 약혼자는 그렇게 말하고 푸른 하늘을 향해 양팔을 쭉 뻗어 올려 기지개를 켰다.

역광 속에서 가냘픈 약혼자의 허리가 한층 가늘어졌다. 물색 스커트와 밤색 머릿결이 부드러운 바닷바람에 기분 좋게 흔들렸다.

지금 이것, 그림이 되겠어….

내가 그렇게 생각했을 때 카키가 휘릭 이쪽을 돌아보았다.

"있지, 바다를 배경으로 우리 셀카 찍지 않을래?"

카키의 손에는 은색 콤팩트 카메라가 쥐어져 있었다.

"좋네. 카키가 찍을래?"

약혼자 성은 카키자키여서 모두 그녀를 카키라고 불렀다.

"음…, 역시 히로가 찍는 게 좋겠어. 팔이 기니까."

"오케이."

은색 카메라를 받아 든 나는 팔을 힘껏 뻗쳐서 셔터 버튼에 손가락을 올렸다.

"이 정도 앵글이면 좋을까?"

"응, 광각이어서 좋은데?"

우리는 바다를 배경으로 뺨을 맞대고 렌즈를 향해 웃었다.

"그럼 찍는다."

"응."

찍.

"한 장 더."

"그러면 이번에는 이상한 얼굴로 찍기."

"엥."

"하하. 최대한 이상한 얼굴을 하는 거다."

"어, 잠깐만, 나 어떡하지."

"찍는다."

다시 셔터 버튼을 눌렀다.

"찍혔으려나?"

우리는 카메라 액정을 들여다보며 지금 막 촬영한 이상한 얼굴 사진을 체크했다.

"와, 심하네."

"뭐야, 완전 최악."

여유로운 우리의 웃음소리가 파랗게 뻗은 초여름의 물가로 번져 갔다.

삐요르르르….

맑고 푸른 하늘에서 내려오는 것은 솔개의 노랫소리였다.

"그럼 갈까."

"응."

우리는 입술에 미소를 남긴 채 산책길을 걸었다.

조금 걸어가니 바다에서 튀어나온 커다란 바위에 선 낚시꾼의 실루엣이 눈에 들어왔다. 그 낚시꾼은 5미터는 될 긴 낚싯대를 흔들고 있었다.

"아, 뭔가 좋은 느낌일지도." 하면서 카키는 발을 멈추더니 낚시꾼을 향해 카메라 셔터를 눌렀다.

"어때? 멋진 사진 찍혔어?"

"음, 이건 별로려나."

사진을 확인하면서 고개를 갸웃거리던 카키는 나보다 세 살 아래라고는 생각할 수 없는, 천진난만한 미소를 지었다. 나는 카키의 이 미소가 이유도 없이 좋아서 언제까지고 바라보고 싶었다.

참고로 나는 그림 그리는 걸 좋아하고, 카키의 취미는 사진이어서 종종 두 사람은 이렇게 휴일에 드라이브를 하며 아름다운 풍경 속을 한가로이 산책하면서 각자 촬영과 데생을 즐겼다.

우리가 만난 것은 2년쯤 전이다.

장소는 동네 역 앞에 있는 커피숍.

카키는 그 가게의 점장으로 카운터 너머에서 늘 생글생글 웃으며 맛있는 커피를 끓이고 있었다. 나는 우연히 손님으로 갔다가 카운터에 앉아 "커피, 굉장히 맛있네요." 하고 말을 걸었다. 그것이 시작이었다.

가게 이름은 '쇼와도'. 주인의 취향으로 쇼와 시대 가요가 흐르는 것이 가게 이름의 유래라고 한다. 가게 안에는 어째선지 신전과 새전함이 놓여 있지만, 그 이유는 아직 카키에게 물어본 적이 없다.

다시 산책길을 걷고 있을 때, 나는 문득 바다와 반대편을 올려다보았다.

"아, 카키, 잠깐만. 이 풍경 그리고 갈까."

"저 등대?"

"응. 바로 앞 풍경도 포함해서 느낌 괜찮지 않아?"

빠질 듯한 파란 하늘과 백악 등대의 대조. 그 바로 앞에는 다섯 그루의 키가 큰 야자나무가 흔들리고 있고, 더 앞에는 거친 바위 밭이 있었다.

"음. 구도가 좋네."

말하면서 카키도 셔터를 눌렀다.

나는 등에 멘 륙색에서 스케치북을 꺼내, 마침 산책길 옆에 있던 돌 벤치에 앉았다. 스케치북을 펼쳐서 허벅지에 놓고 얼른 연필로 쓱쓱 그렸다.

옆에 앉은 카키가 흥미롭게 스케치북을 들여다보았다.

바위 밭과 야자나무와 등대 배치를 대충 그리고 나자, 카키가 감탄했다.

"눈 깜짝할 사이에 이렇게까지 그리다니. 히로, 대단하다."

"손이 잰 사람들은 더 빨라."

대답하면서도 연필을 움직였다.

잠시 후, 카키가 벤치에서 일어났다.

"그럼 나도 산책길 걸으면서 사진 찍고 올게."

"아, 그래."

나는 고개를 들고 대답했다.

카키는 편안하게 웃는 얼굴로 "그럼 다녀올게." 하고 뺨 옆에서 조그맣게 손을 흔들었다. 그리고 이쪽에 등을 돌리고 걸어갔다.

반짝이는 바닷바람 속으로 약혼자가 걸어간다.

파란 바다, 파란 하늘, 적자색 바위 밭, 돌바닥인 산책길, 그리고 물색 스커트를 펄럭거리며 걸어가는 여성의 뒷모습.

이것도 그림이 되겠구나….

멀어져 가는 뒷모습을 바라보고 있는데, 카키가 문득 이쪽을 돌아보며, 한 번 더 조그맣게 손을 흔들어 주었다.

나도 연필을 쥔 채 오른손을 흔들었다.

은색 카메라를 손에 든 약혼자가 다시 등을 돌렸다. 그리고 여유로운 걸음으로 걸어간다.

"자아…."

중얼거리며 나는 스케치북으로 시선을 옮겼다. 그리고 데생을 이어서 그렸다.

등 뒤 해변에서는 철썩, 철썩 하고 바위에 부딪히는 파도 소리가 들려온다. 바닷바람이 불자 발밑 풀들이 즐거운 듯이 흔들리고, 여전히 파란 하늘에서 솔개의 노랫소리가 내려온다.

쓱, 쓱, 쓱…. 익숙한 연필이 스케치북 위에서 경쾌한 소리를 낸다.

나는 내 몸에서 무게가 사라지는 느낌을 맛보면서, 창작의 세계로 빠져들어 갔다. 3차원 대상물과 2차원 스케치북 사이를 오갈 뿐인, 아주, 아주, 단순한 세계다.

그리고 한참 동안, 나는 시간관념에서 벗어나 유쾌한 시간을 보냈다.

◆ ◆ ◆ ◆ ◆

각각 촬영과 데생을 마친 우리는 차 트렁크에서 접이식 테이블과 의자를 꺼내, 바다가 건너다보이는 잔디 공원 구석에 세팅했다.

그리고 싱글 버너로 물을 끓여서 카키가 커피를 드립해 주었다.

"가게에서 마시는 커피도 좋아하지만, 역시 이런 것도 좋네."

신선하고 화사한 향이 나는 커피를 음미하면서 말하자, 카키도 기쁜 듯이 눈을 가늘게 떴다.

"그렇지. 게다가 건너다보이는 풍경 통째로 우리가 전세 낸 것 같잖아."

정말로 전세네 생각하면서 새삼 바다를 바라보니 시원한 푸른색이 너무 좋아서 나도 모르게 깊이 숨을 들이마셨다.

"사치란 말 이럴 때 하는 거겠지."

"응. 아, 기분 정말 좋다. 수평선 너무 예뻐."

우리는 커피잔을 들고 두 가지 색의 블루 콘트라스트를 바라보며 눈을 가늘게 떴다.

5월의 바닷바람과 싱그러운 커피 향은 아주 잘 어울렸다.

"나 전에도 말한 것 같은데."

"응."

"여기에서 비교적 가까운 곳에 있는 작은 곳의 커피숍 주인에게 커피 끓이는 법을 배웠어."

"아, 그러고 보니 그런 말 했지."

"다음에 그 가게에도 가보자. 히로, 분명히 마음에 들어 할 거야."

"그러면 오늘 가는 길에 들를까?"

"엇, 괜찮아?"

"물론."

"와, 좋아라."

우리는 그런 소소한 대화를 즐기면서 지금 막 그린 서로의 그림과 사진을 함께 보았다.

"카키, 실력이 더 늘었네."

빈말이 아니라, 요즘 한층 능숙해졌다. 그녀가 찍은 정지화에서는 '움직임'을 느낄 때도 있고, 때로는 말을 걸어올 것 같은 '이야기성'을 느끼기도 한다.

"정말로?"

"응, 정말로."

"실은 있지, 인터넷에서 사진 찍는 법을 공부하기도 하고, 프로 사진가들 작품을 많이 보고 연구하기도 했어."

"그래서구나."

"후훗. 잘 찍는 사람의 사진법을 나름대로 베낀 거긴 하지만."

"베끼기도 어려운 거야."

"그런 거야?"

"그럼 그렇지. 그렇게 간단히 베낄 수 있다면 다들 프로 사진가가 되게."

"아, 그런가. 그럼 이건 나의 재능이라고 해도 돼?"

나는 웃으면서 "나는 마음이 넓으니까 된다고 해 주지." 하고 말했다.

방울처럼 딸랑딸랑 웃던 카키는 테이블 위의 내 스케치북을 끌어당겼다. 그리고 눈꼬리에 미소를 담은 채 조금 감개무량한 듯 말했다.

"히로의 그림은…, 표절당하는 쪽이네."

"그렇지 않아."

"그렇다니까."

쑥스러워서 나는 잠자코 있었다.

"오늘은 한 장만 그렸어?"

"응."

한 장 그리고 나니 왠지 '이만하면 충분해.' 할 정도로 가슴이 벅찼다. 오늘은 새삼스럽게 나는 역시 그림 그리는 걸 제일 좋아하는구나, 재인식한 하루였다.

"히로는 말이야, 마음만 먹으면 지금 당장이라도 프로가 될 수 있을 것 같아."

"에이…,"

말하려다 커피잔을 내려놓고 나는 카키의 얼굴을 보았다.

"일러스트레이터나 그림책 작가가 되고 남을 만큼 잘 그리는 것 같아."

"……."

"히로의 그림은 터치가 부드러워서, 이 그림에 색을 입혀 그림책이 된다면 읽는 사람이 치유될 것 같아."

카키는 내 그림보다 훨씬 부드러운 표정으로 등대 그림을 들여다보았다.

프로가 될 수 있을 것 같아…, 라니.

그럼 도전해도 괜찮을까?

농담처럼 그렇게 말하면 나의 약혼자는 뭐라고 대답할까?

바닷바람이 불어서 카키의 머리칼에서 상큼한 향이 났다.

"히로, 커피 더 있어?"

스케치북에서 얼굴을 든 카키가 미소 지었다.

"응, 있어. 다음에는…, 다른 커피콩을 마셔 보고 싶네."

"오케이. 그러면 다음에는 강배전으로 할게."

반짝반짝 어지럽게 빛이 반사하는 해원을 배경으로 카키가 커피를 끓일 준비를 했다.

나는 슬그머니 스케치북을 끌어당겼다.

그리고 펼쳐 둔 페이지를 덮었다.

일단은 이 착한 사람과 결혼을—함께 걸어가는 인생을—우선하자. 꿈 같은 건 마음먹으면 언제든 좇을 수 있다. 지금 이 순간의 내가 우선해야 할 것은 '생활의 안정'이다.

마음속으로 내게 일렀다.

그리고 카키가 알아차리지 못하도록 슬그머니 심호흡했다. 폐를 씻어내는 듯한 시원한 바닷바람에 구원받는 기분이 들었다.

카키가 새 커피콩의 향을 풍기며 "음, 이것도 좋은 향." 하고 입꼬리를 올렸다. 그리고 검게 빛나는 콩을 밀에 넣었다. 그 민첩한 솜씨를 보고 있던 나는 문득 생각했다.

이 사람도 커피를 끓이는 데 프로이지 않은가. 프로 무대에서 승부를 보고 있다. 나도 회사라는 무대에서 매일 승부를 보고 있다.

그걸로 되지 않았나.

지금은….

"왜 그래? 심각한 얼굴을 하고."

스륵스륵스륵…, 밀의 손잡이를 돌리면서 카키가 고개를 갸웃거렸다.

"어? 아, 잠깐 생각하느라."

"일 생각?"

"응, 뭐."

그러자 카키는 내게서 시선을 떼고 빙글빙글 돌아가는 밀의 손잡이를 내려다보면서 입을 열었다.

"요전에 우리 가게 기리코 사장님이 말했는데 말이야."

"아, 응….."

"사람이란 생물은 너무 영악해서 이내 머리로 득실을 계산하고 행동하기 때문에 후회하는 일이 많대."

"……."

"중요한 것은 머리가 아니라 마음을 따라 행동할 것. 그러면 일이 순조롭게 풀리든 실패하든 후회할 게 없대."

스륵스륵스륵….

카키는 아직 밀을 채우고 있다.

"마음을 따르라….."

"응. 자기 마음에 귀를 기울이고 그 감정에 솔직하게 살아가면 죽을 때도 후련한 기분일 거라고 말씀하셨어."

바닷바람을 타고 방금 간 커피콩 향이 떠돌았다.

나는 약혼자를 걱정시키지 않도록 "그렇구나, 좋은 얘기 들었네." 하고 미소 지었다.

카키는 눈을 가늘게 뜨고 "아, 다 갈았다." 하고 고개를 드는

가 싶더니, 이내 "앗, 물 끓이는 걸 깜박했어." 하고, 프로라고는 생각할 수 없는 말을 했다.

✦ ✦ ✦ ✦ ✦

터미널 역에서 5분 정도 걸어가면 오피스가에서 떨어진 곳에 찾는 빌딩이 있었다.

1층은 세련된 유리벽 갤러리다.

안을 들여다보니 스무 명 남짓한 사람들이 벽에 걸린 작품을 바라보며 담소를 나누고 있었다.

나는 유리문을 열고 갤러리 안으로 들어갔다.

"오, 이마이, 땡큐!"

바로 나를 발견한 고누마가 반가워하며 다가왔다.

"오, 수고. 성황이네."

"그럭저럭. 그보다 네가 평일에 와 줄 줄은 몰랐네."

"거래처에서 가까워서. 회사에는 바로 퇴근한다고 하고 온 거야."

"그랬구나."

고누마는 체크무늬 크러셔블 모자를 쓰고, 수염을 아무렇게나 기르고 있었다. 그야말로 '젊은 아티스트' 분위기다.

"이번에는 6인전이지만, 다들 굉장히 좋은 작품을 그리는 사람들이야. 천천히 둘러봐라."

"오케이."

나는 갤러리 입구 가까이의 벽에 걸린 작품을 시작으로 찬찬히 일러스트를 감상했다.

마음에 든 그림이 있어서 물끄러미 보고 있는데, 그림을 그린 본인이 말을 걸어 주어서 창작과 관련된 이런저런 얘기를 나누는 것도 즐거웠다.

고누마의 작품은 가장 마지막인 여섯 번째 코너에 걸려 있었다. 엽서 크기의 작은 그림부터 신문지 전지 크기까지 십여 점이 전시됐다. 그중에는 작품으로 만든 그림엽서와 티셔츠도 있었는데, 상품으로 팔기도 했다.

나는 축하금 대신 500엔짜리 그림엽서 세트와 3,500엔짜리 야자나무 디자인 티셔츠를 샀다.

그런데 고누마 녀석, 어느새 이렇게 실력을 쌓은 거지.

진심으로 감동하면서 작품을 보고 있는데, 고누마가 옆에 서더니 말했다.

"앗, 티셔츠, 샀나?"

"그림엽서도."

"오, 마음의 친구여!"

고누마는 웃으면서 도라에몽에 나오는 자이언(한국 이름 퉁퉁 이―옮긴이) 흉내를 냈다.

이 회장에 있는 고누마는 뭔가 평소보다 당당하고 텐션도 높아 보인다.

"그래, 어떠냐. 내 작품."

"이야, 잘 그렸네. 나와 일하던 시절보다 훨씬 레벨이 올라갔 어."

"아하하. 그때보다 못 그리면 큰일 나지."

고누마는 농담처럼 말하지만, 이 녀석이 그린 '바다' 그림은 하나같이 색감이 담백하고 부드럽고 아름다워서, 보슬보슬한 빛의 입자가 세상을 채우고 넘칠 듯했다. 가만히 바라보고 있 으면, '행복한 추억'과 만나고 있는 듯한 묘한 기분이 들었다.

"네 그림, 옛날과 터치가 좀 달라졌네."

내가 말하자, 고누마는 '으음' 하고 고개를 갸웃거렸다. "그 렇다기보다 이런 터치로는 그리지 않았지."

"응?"

"샐러리맨 시절에는 디자인하는 문구가 정해져 있었잖아? 그래서 거기에 맞춘 그림만 그렸지."

"그랬, 었네…."

그릴 수 있었나, 그 시절에도, 이렇게 섬세한 터치의 그림을.

그랬구나, 하고 나는 감탄했다. 고누마는 이 정도의 잠재력을 감추고 있었구나. 그렇다면 일찌감치 탈샐러리맨을 시도한 것도 이해가 된다.

"벌써 팔린 그림 있냐?"

"아직 한 장뿐이지만. 이게 예약됐어."

고누마가 가리킨 것은 A4 크기의 그림이었다. 제목은 '아침노을 지는 등대'. 하얀 등대에 아침노을이 옅은 핑크색으로 물든, 눈에도 마음에도 따스한 분위기의 그림이다. 가격은 12만 엔이라고 붙어 있었다.

"오호. 이게 팔린 이유를 알겠네."

말하면서 나는 요전에 내가 데생한 등대 그림을 떠올렸다.

카키가 말했듯이 거기에 수채 물감으로 색을 입혀서 이 회장에 전시한다면….

"아, 참, 이마이."

고누마가 이름을 불러서 퍼뜩 정신을 차렸다.

"응?"

"오늘 이거 끝난 뒤에 일러스트레이터 동료들과 가볍게 마시러 갈 건데 같이 어때? 모두에게 정식으로 소개할게."

"응? 아, 으음…."

생각하면서 흘끗 갤러리 안의 작가들을 둘러보았다. 금발에, 장발에, 삼색 페인트를 마구 뿌린 듯한 셔츠에…, 저마다 자유로운 분위기로 유쾌하게 손님들과 얘기를 나누고 있다.

"미안하지만."

"응…."

"오늘은 관둘게."

수수한 슈트에 넥타이 차림의 나는 되도록 가벼운 어조로 말했다.

"진짜냐. 다들 겁나 매력있는 사람들이야."

그건 알고 있다. 대부분의 작가와 말을 나누어 보았다. 정말로 한 명도 빠짐없이 개성적이고, 아주 매력적이었다. 그러나 지금 나는….

"미안. 오늘은 돌아가서 잔업을 해야 해."

순식간에 만든 나의 거짓말은 아마 전 동료인 고누마에게 들켰을 것이다. 그래도 고누마는 평소처럼 시원스럽게 웃는 얼굴로 봐 주었다.

"그러냐. 그럼 뭐, 유감스럽지만 다음 기회에."

그런 기회는 오지 않으리란 걸 전제로 나는 끄덕였다.

"응, 그러자."

평소보다 답답하게 느껴진 넥타이를 느슨하게 풀며 나는 영업으로 단련된 가식적인 미소를 지었다.

♦ ♦ ♦ ♦ ♦

전시회에서 돌아오자마자 바로 샤워를 했다.

가슴속이 너무 답답해서 몸이라도 개운하게 하고 싶었다.

욕실에서 나온 나는 드라이어로 머리도 말리지 않고 1인용 작은 테이블에 앉았다. 그리고 캔맥주를 마시면서 편의점 도시락을 먹었다.

배가 부르니 헝클어졌던 기분도 조금은 진정됐다.

"후유…,"

만족한 숨이라고도 한숨이라고도 할 수 없는 소리를 흘리고, 나는 책장에 세워둔 스케치북을 테이블에 올렸다. 그리고 그 등대 그림 페이지를 펼쳐 보았다.

역시 나쁘지 않네, 라고 생각했다.

색을 칠한 후를 생각해 보니 더욱 나쁘지 않다.

'으음…' 하고 무심결에 신음한 것은 고누마가 그린 등대 그림과 비교해서였다.

내 그림은 나쁘지 않다.

그러나 고누마의 그림은 좋다.

아니, 매우 좋다.

그 차이가 어디에서 오는지는 나도 안다. 네모난 화면에서 피어오르는 고요한 공기감, 혹은 세계관이 고누마의 그림에서는 확실히 숨쉬고 있었다. 거기에 비하면 내 그림은 밋밋하다. 단순히 '데생이 무난한 사생화'에 지나지 않는다.

"으…음…."

나는 또 한 번 신음했다.

두 그림의 차이는 안다.

그렇다면 어디를 어떻게 하면 좋을까?

생각하기 시작하니 뜬구름을 잡으려고 하는 듯한 막연한 기분이 든다.

"아아, 답답해."

작은 소리로 중얼거리고는 일어서서 주방으로 향했다.

그릇장에서 키가 작은 잔을 꺼내 거기에 얼음을 다섯 개 떨어뜨렸다. 그리고 싸구려 버번을 출출 따랐다.

검지로 얼음을 빙빙 돌리면서 다시 테이블에 앉았다.

오늘 밤은 혼술로 취해 볼까.

울적한 기분으로 그렇게 생각한 찰나, 문득 내일 일정이 걱정됐다.

나는 테이블 구석에서 충전 중이던 스마트폰을 들고 스케줄을 확인하려고 애플리케이션을 열었다.

"오늘은 보자, 수요일이, 니까…."

혼잣말을 하고 있을 때, 달달한 카키의 목소리가 뇌리에 재생됐다.

"히로, '수요일 우체국'이란 것 알아?"

그날, 돌아오는 차 안에서 카키가 이렇게 물었다.

운전석의 나는 "아니, 모르는데." 하고 대답했다.

그러자 카키는 "좀 낭만적인 서비스인데 말이야." 전제한 뒤 설명을 했다.

카키가 말하기를, 수요일에 있었던 일을 편지에 써서 '수요일 우체국' 앞으로 보내면, 훗날 다른 누군가의 수요일 이야기가 쓰인 편지가 온다고 했다.

그 프로젝트가 시작됐을 무렵 '수요일 우체국'은 구마모토현 아카사키라는 곳에 있었지만, 지금은 제2탄으로 도호쿠 지방 어딘가로 우체국을 옮겼다고 한다.

"수요일 우체국이라."

카키와의 대화를 회상하며 괜히 궁금해진 나는 테이블에서 노트북을 켜고 '수요일 우체국'을 검색해 보았다.

그랬더니 현재는 미야기현 히가시츠마시의 '사메가우라'라는 해변에 있다는 걸 알았다.

사진으로 보아하니 그곳은 캄캄한 터널을 빠져나가서 맞은편에 있는, 영락한 작은 항구 같았다.

그러고 보니 고누마가 그린 것도 이런 느낌의 영락한 항구 등대였지….

홈페이지를 보니 '국장의 메시지'라는 페이지에 그려진 그림이 그야말로 바다와 등대를 모티브로 한 것이었다.

또 등대냐.

그 전시회 회장에서 자신에 찬 미소를 짓고 있던 고누마를 떠올렸다. 그리고 고누마와 함께 작품을 전시한 크리에이터 동료들의 그야말로 자유를 구가하는 듯한 분위기….

나는 록 버번을 꿀꺽 소리 내어 마셨다.

섭씨 영도에 가까운 액체가 목을 차게 식히고, 그것은 바로 타는 듯한 알코올의 열로 바뀌었다.

"크하…."

쥐어짜는 듯한 소리를 냈을 때, 왜일까, 나는 그들과의 회식에서 도망쳐 온 내가 갑자기 한심하게 느껴졌다.

뭐가 집에 가서 할 일이 있어….

속으로 나 자신한테 구시렁거리며 또 버번을 목으로 넘겼다.

그러자, 다음 순간….

픽, 픽, 픽…, 묘한 소리가 들려왔다.

귀를 기울였다.

어쩐지 그 소리는 베란다가 있는 창밖에서 스며드는 것 같았다.

나는 가만히 창가로 다가가, 소리 내지 않도록 주의하면서 들창을 열었다.

픽, 픽, 픽….

창을 여니, 소리가 크고 선명해졌다.

맨발인 채 슬그머니 베란다로 나가 보았다.

내 방은 2층에 있는데, 이 묘한 소리는 베란다 바로 아래에서 들려왔다.

난간으로 얼굴을 내밀고 건물 아래를 내려다보았다.

그랬더니 지면을 들여다보는 자세를 한 키가 큰 남자의 등이 시야에 들어왔다. 아래층 방에 사는 젊은 남자다. 아직 말을 나눈 적은 없지만, 얼굴을 마주치면 서로 인사 정도는 한다.

이런 밤에, 대체 무엇을….

자세히 보니 남자의 손에는 삽이 들려 있고, 열심히 정원에 구멍을 파고 있었다. 픽픽 하는 것은 그 소리였다.

그런데 빌라 마당에 구멍을?

궁금해진 나는 남자가 눈치채지 못하도록 주의하면서 그 행동을 지켜보았다.

이윽고 구멍을 다 판 남자는 일단 실내로 사라졌다가 바로 뭔가를 소중하게 안고 나타났다.

안고 있는 것은 배스타월로 싼 고양이 사체였다.

남자는 그 고양이를 타월째 구멍 속에 조심스럽게 눕혔다.

요컨대 남자가 판 구멍은 키우던 고양이를 위한 '묘'였다.

고양이를 묻을 때, 남자는 삽을 사용하지 않았다. 지면에 무릎을 꿇고 기는 듯한 자세를 하고 맨손으로 부드럽게 흙을 긁어모았다.

외로운 밤이, 이곳에도 있었다….

나는 뭔가 괴로운 느낌이 들어 방으로 돌아와 가만히 창을 닫았다. 그리고 얼음이 녹아 가는 버번을 또다시 마셨다.

테이블 너머로 밀어 둔 스케치북이 눈에 들어왔다. 차가운 형광등 불빛을 받은 나의 '나쁘지 않은' 등대 그림이 묘하게 허무해 보였다.

프로로서 인생을 걸어가는 고누마의 웃는 얼굴과 아침노을에 비친 핑크색 등대가 뇌리에 어른거렸다.

눈앞의 노트북 화면에는 낯선 누군가가 그린 항구와 등대 그림이 떠올랐다.

그리고 지금 창밖에서는 죽은 고양이를 애도하는 젊은 남자의 동그란 등이 울고 있다.

--자기 마음에 귀를 기울이고 그 감정에 솔직하게 살아가면 죽을 때도 후련한 기분일 거라고 가르쳐 주었어.

카키의 말.

--기껏 세상에 태어났는데 놀지 않으면 손해라고 생각해. 하고 싶지 않은 일만 하는 사이에 인생이 끝나다니, 너무 싫지 않냐?

고누마의 말.

각각의 생각과 각각의 인생.

"수요일, 이라…."

잠긴 목소리로 불쑥 중얼거렸을 때, 어째서일까, 문득 써 보고 싶은 생각이 들었다.

내 인생에서 단 한 번밖에 없는 오늘이라는 수요일의 편지를.

내 마음에 거짓말을 하지 않고 진심만 솔직히 토해 보자. 그러면 헝클어진 내 마음속도 조금은 정리되지 않을까. 그런 기분이 들었다.

당장 홈페이지를 숙독하고, 프린터로 공식 편지지를 출력했다. 자주 쓰는 볼펜을 들고 '처음 뵙겠습니다.' 하고 써 보니, 어린 시절부터 글짓기에 약했던 내 펜이 신기하게 술술 움직이기 시작했다.

저는 그림책 작가를 꿈꾸면서 회사를 그만두지 못하는 샐러리맨입니다. 지금은 수요일 밤으로 술을 조금 마셨습니다. 밖에서는 1층 사람이 정원에 작은 구멍을 파서 기르던 고양이 묘를 만들고 있습니다. 그 모습을 보고 있으니, 문득 '죽음'에 관한 생각이 들었습니다. 그것과 동시에 '생'에 관해서도. 단 한 번뿐인 인생, 죽을 때 후회하지 않기 위해 어떻게 하면 좋을까, 하고.

나는 마음 가는 대로 거짓 없이 슬픈 일도 분한 일도, 이해할 수 없는 현실도, 모두 털어놓겠다고 생각하면서 유치한 문장을 써 나갔다. 누군가에게 마음을 전하고 싶다기보다 줄곧 가슴에 묻어 둔 생각을 편지지에 쏟아 놓는다는 느낌 쪽이 가까울지도 모른다. 어쩌면 카타르시스를 원했을지도 모르고, 혼자 열에 들떠 있었는지도 모른다.

그래도 나는 무작정 썼다.

마음속에 무수히 흩어진 '답답함'을 하나하나 집어 올려서 그걸 글씨라는 눈에 보이는 형태로 바꾸는 작업. 쓰면 쓸수록 나는 나라는 인간의 본심을 알아 가는 묘한 감각을 맛보는 기분이 들었다.

편지를 쓰고, 버번을 마시고, 그리고 또 펜을 들고, 알코올로 목을 태웠다. 볼펜으로 쓰고 있어서 틀린 글씨는 덧칠해서 뭉갰다. 좀 실례인가, 하고도 생각했지만, 이 휘갈겨 쓴 것 같은 느낌이 오히려 지금 내 모습이라고 생각하고, 그대로 계속 써 나갔다.

사실은 그림책 작가가 되고 싶은 것. 일러스트레이터 친구에게 질투가 난다는 것. 그런데 회사를 그만둘 용기가 없다는 것. 게다가 그 이유로 '약혼'을 드는 것으로 겁쟁이인 자신을 정당화하고 있다는 것.

그런 자신이 싫은 것….

쓰다 보니 가슴속에서 뜨거운 분노가 끓어올랐다. 나는 그 열을 식히기 위해 꿀꺽, 꿀꺽 버번을 삼켰다. 그리고 알코올의 열을 연료로 하여 편지지에 더욱 솔직한 말을 적어 나갔다.

이 편지지 위가 아니라면 나는 내게 거짓말을 한다.

분명히.

카키가 가르쳐 준 말도 고누마의 말도 같이 적었다.

그리고 마지막에 이렇게 썼다.

이제 도망치지 않겠습니다. 나는 내 마음에 거짓말을 하고 싶지 않습니다. 그림책 작가가 되기 위해, 용기를 내어 (즐기는 마음으로) 오늘 수요일부터 한 걸음 앞으로 나아갈

겁니다. 단 한 번뿐인 인생, 죽을 때 후회하지 않기 위해.

다 쓰고 나서 문장 끝에 사방 5센티미터 정도의 등대 그림을 그렸다. 획획 그린 것 치고는 꽤 잘 그렸다.

그리고 편지지를 접어서 봉투에 넣었다.

굳이 글을 다시 읽지는 않았다. 다시 읽으면 분명 '머리'로 생각하여 진지하게 수정할 것 같았다.

봉투를 봉하고 수요일 우체국 주소를 썼다.

노트북을 닫고, 나도 모르게 '후유…' 하고 한숨을 내쉬었다.

기분은, 나쁘지 않다.

내가 그린 등대 정도처럼 그럭저럭한 기분이다.

카타르시스를 맛볼 정도는 아니지만, 가슴속 '생각'을 다 꺼내 놓은 뒤의 기분 좋은 피로감은 있었다.

나는 일어서서 창가로 향했다.

살며시 창을 열고 베란다로 나가 보았다.

난간에서 고개를 내밀어 아래의 작은 정원을 내려다보니 고양이 사체가 묻힌 장소만 흙이 봉긋하게 올라와 있었다. 고양이 묘다. 그 꼭대기에 콧페빵처럼 생긴 허연 돌이 올려 있었다.

묘다운 묘가 됐네….

아무도 없는 작은 묘를 향해 나는 아주 잠깐 손을 모았다.

♦ ♦ ♦ ♦ ♦

밤에 쓴 러브레터는 아침에 꼭 다시 읽는 편이 좋다고 하지만, 어젯밤에 내가 쓴 수요일의 편지도 그것과 마찬가지로 나르시시즘 만발하여 창피하기 짝이 없는 편지일 터다.

그래도 일단 그 봉투를 비즈니스 가방에 넣어서 나는 언제나의 시간에 집에서 나왔다.

올려다본 아침 하늘은 쨍하니 맑았다.

레몬색의 신선한 햇빛에 숙취 기운이 남아 있는 눈이 부셨다.

이 가벼운 두통은 자업자득이라고 생각하면서 언제나의 전철 시간에 늦지 않도록 보폭을 크게 하여 보도를 걸었다.

어젯밤에는, 나름대로 많은 생각을 하며 낯선 누군가에게 편지를 썼다. 그것만으로 이유도 없이 뭔가가 바뀔 것 같은 예감이 들었고, 신기할 정도로 기분이 고양됐다. 그런데 겨우 하룻밤 자고 일어났더니 아무 일도 없는 듯이 내 앞에는 또다시 언제나의 '현실'이 전개되고 있다. 당연하지만, 지금까지와 아무것도 다를 바 없는 아침을 나는 살고 있다.

걸어가면서 답답한 넥타이를 느슨하게 했다.

저 앞의 보행자 신호가 파란색이 된 것이 보여 뛰는 걸음으로 건넜다.

"후유…."

숨을 토하고 또 걸었다.

문득 희미한 어둠 속에서 고양이 묘를 파던 남자의 슬픈 등을 떠올렸다.

그것은 꿈이었던 게 아닐까?

싱그러운 아침햇살을 받는 지금은 그런 기분조차 들었다.

내 눈앞에 전개된 언제나의 현실.

통근차로 붐비는 사거리. 역에 가까워질수록 늘어나는 같은 차림을 한 사람들 무리. 태블릿과 자료가 잔뜩 든 비즈니스 가방의 무게. 발끝에 흠집이 생긴 가죽구두의 착용감…. 이것도 저것도 지금까지와 다를 바 없다.

이것이 현실이란 것이구나….

속으로 중얼거려 보았지만, 왜일까, 그 현실이 어제만큼 나쁜 것으로 느껴지지 않았다.

이것은 편지를 쓴 효과일까?

생각해 보았지만, 대답은 나오지 않는다.

그건 그렇고 밤중에 편지를 쓸 때의 그 고양된 기분은 대체 무엇이었을까? 편지를 쓰겠다는 에너지는 어디서 나왔을까? 이런저런 생각을 하면서 걷고 있는데, 멀리 역이 보였다.

역 앞에는 우체통이 있다.

이 편지를 보낼 것인가.

아니면 집에 갖고 가서 버릴 것인가.

결정하지 못하고 있는데, 슈트 윗주머니의 스마트폰이 진동했다.

아침부터 누구지?

주머니에서 스마트폰을 꺼내 화면을 보고는 얼굴이 조금 벙글어졌다.

카키의 메일이었다.

'히로, 굿모닝. 어제까지 봉오리였던 민들레가 오늘 아침에는 빙그레 웃으며 피어 있더라. 가게 앞 아스팔트 틈새에 뿌리를 내리고 피어나려고 애쓰는 착한 꽃. 오늘도 서로 웃는 얼굴로 일 열심히 하자.'

메일에는 민들레 사진이 있었다.

아침 햇살을 비스듬히 받은 민들레는 정말로 빙그레 웃으며 피어 있었다.

최근 카키의 사진 솜씨가 는 것은 촬영 기술이 좋아진 것뿐만 아니라 이렇게 멋진 감성을 사진에 담을 수 있게 됐기 때문이리라.

나는 그렇게 확신하면서 메일 답장을 보냈다.

'안녕. 귀여운 민들레에게 힘을 얻었네. 행복을 나눠주어서 고마워.'

카키에게는 내게 없는 능력이 있다. 지루하고 아무 일 없는 일상에서 '작은 행복'을 찾아내어 정중하게 음미하는 능력이다. 게다가 그 행복을 누군가와 나누려고 하는 타고난 다정함도 가지고 있다.

'눈에 보이는 것을 누군가와 나누면 자신의 몫이 줄어든다. 하지만 눈에 보이지 않는 것―이를테면 착함이나 행복은 누군가와 나누면 나눌수록 늘어난다. 자신의 몫이 줄지 않는다. 아니, 오히려 늘어난다.'

전에 읽은 책에 이런 문장이 있었던 게 생각났다.

카키가 나누어준 행복―메일 한 통―으로, 아침부터 마음이 따스해졌다.

정신을 차리고 보니 어느새 나는 역 앞을 걷고 있었다.

언제나처럼 슈트 무리 속에 빨려 들어간다.

하지만 오늘 아침은 그 무리에서 빠져나왔다. 길가 우체통 앞에서 걸음을 멈춘 것이다.

새삼스럽게 자신에게 물었다.

지금 내게 중요한 것은 뭐지?

머리가 아니라 마음속에 확실히 답이 있었다.

나를 행복하게 해 주고, 내가 행복하게 해 주고 싶은 여성. 그리고 그 삶과 걸어갈 미래다.

비즈니스 가방 속에서 그 부끄러운 편지를 꺼냈다. 봉투는 얇지만, 그 속에는 또 하나의 내 미래가 담겨 있다.

그것은 머리가 아니라 마음으로 제대로 그린 미래다.

그쪽의 미래도 나쁘진 않지만, 역시 나는 현실의 미래를 선택할게.

바이바이.

속으로 중얼거리고 손에 든 봉투를 우체통에 넣었다.

그리고 나는 다시 슈트 무리 속으로 빨려 들어갔다.

오늘 하루도 내 씨름판에서 싸우기 위해.

3장

미쓰이 겐지로의 사족

초여름 비는 밤새 그쳤다.

오늘 아침에는 투명한 레몬색 아침 해에 젖은 아스팔트가
반짝거렸다.

나는 해님의 온기를 등으로 느끼면서 삐그덕삐그덕 녹이 슨
자전거 페달을 밟았다.

민가가 드문드문 있는 주택가를 빠져나와 해안가로 오자,
시야가 갑자기 환하게 밝아졌다.

거울처럼 잔잔한 해수면과 물색 하늘.

밝은 초록색으로 뒤덮인 대안의 낮은 산들.

바람이 희미하게 불어와 살랑살랑 수면이 흔들린다. 그 빛

이 눈부셔서 나는 눈을 게슴츠레하게 떴다.

이윽고 완만한 언덕에 들어섰다.

서서 타는 것은 하지 않는다.

어부 일을 했던 몇 년 전에 비하면 페달을 밟는 다리 힘이 많이 약해졌지만, 그래도 초여름 남풍이 옷깃을 어루만지고 작은 새의 지저귐이 귀를 간질이면 내 뺨은 저절로 벙글거린다.

한동안 계속되던 해안 길에서 우회전하여 삼나무 숲속으로 뻗은 좁은 길로 들어갔다.

시야가 좁아져 올려다본 하늘도 가늘고 길어진다. 자전거는 덜덜덜 소리를 내기 시작했다. 아스팔트 포장이 끊어지고 자갈 길이 됐다.

그대로 한참 더 페달을 밟았더니 좁은 길 정면에 오도카니 작은 터널 입구가 보였다.

터널이라고 해도 흙과 바위가 그대로 노출된 굴다리로 차라리 동굴이라고 부르고 싶은 구멍이다. 물론 조명 같은 게 있을 리 없어서 안은 캄캄하다. 게다가 완만하게 커브를 도는 탓에 입구에서는 출구의 불빛이 보이지 않는다. 폭은 좁아서 경차가 간신히 지나갈 정도. 지면은 곳곳이 울퉁불퉁하여 신중하게 걷지 않으면 걸려서 엎어지는 일도 있다.

나는 그 터널 입구에서 브레이크를 걸고, 언제나처럼 자전거에서 내렸다. 건전지식 조명을 켜고, 팬 곳에 걸리지 않도록 조심하면서 자전거를 밀며 어둠 속으로 걸어갔다.

서늘하고 축축한 공기.

저벅, 저벅, 저벅….

고요한 어둠 속에 메아리치는 내 발소리가 한층 더 크게 들린다.

이 터널은 뭔가 신기하다. 우리가 사는 '일상'과 또 하나의 다른 '기억 속의 그리운 날들'을 잇는 칠흑 게이트 같은, 그런 분위기가 떠도는 공간이다.

올해 53세를 맞이한 나 같은 아저씨가 말하기는 좀 쑥스럽기도 하지만, 시대에 버려진 듯한 터널은 내게 일종의 '로맨틱한' 장소다.

어둠의 길이는 70미터 정도일까.

반쯤 지났을 즈음부터 작은 출구의 불빛이 보인다. 나는 그 새하얀 빛에 이끌리듯이 일정한 속도로 어둠 속을 걸어갔다.

출구의 불빛 너머로 희미하게 파도 소리가 들렸다. 듣기 좋은 그 소리는 먼 옛날 꿈속에서 들었던 것 같은 아득히 먼 소리다.

이윽고 나는 터널을 빠져나왔다.

순간, 레몬색의 투명한 아침 햇살에 감싸였다. 바다의 잔물결도 깨끗하고 현실적인 소리로 바뀌었다.

내 앞에 펼쳐진 눈부신 풍경은 작고 작은 영락한 항구다. 항구라고 해도 콘크리트 부두는 무너져 가고, 배를 묶어 두는 기둥도 완전히 녹이 슬었다. 아무도 사용하지 않은 지 오래된 이 항구에는 돛단배 하나 떠 있지 않고, 그저 고요한 바람이 수면을 사르륵 스쳐 갈 뿐이다.

잔물결 소리는 항구 바로 옆에 있는 고양이 이마빡만 한 모래사장에서 들려온다. 그 모래사장에는 색이 바랜 조개껍데기가 쌓여 있고, 잔물결이 그걸 씻을 때 차라락차라락 하고 부드러운 음색을 연주한다.

나는 터널을 빠져나온 '이쪽' 광경이 '반갑다'고 느꼈다. 그것은 '외롭다'와 퍽 비슷한 종류의 '반갑다'로, 언제나 가슴속에 희미한 아픔을 낳는다. 하지만 절대 싫어지지는 않는다.

자전거를 밀면서 레몬색 아침 공기를 천천히 들이마셨다. 항구 위로 갈매기 한 마리가 지나갔다.

터널을 나가서 바로 왼쪽에는 항구에서 유일한 건물이 있다.

예전에 어부 창고였던 것을 개장한 흰색 단층 건물이다. 원래가 '창고'여서 아주 아담하고 영락한 항구의 풍경 구석에 조용히 녹아들어 있다.

그 건물 입구에 걸린 나무 간판에는 붓글씨로 이렇게 쓰여 있다.

사메가우라 수요일 우체국.

이곳이 내 직장이다.

나는 건물 옆에 자전거를 세우고, 낡고 작은 항구를 바라보았다.

항구 너머 해안에는 초록으로 덮인 곳이 먼 바다 쪽으로 튀어나와 있고, 끝에는 하얗고 작은 등대가 서 있다. 그러나 그 등대는 이미 제 역할을 마치고 밤이 되어도 불이 켜지는 일이 없다.

저 등대는 대체 무슨 생각을 하면서 매일 바다를 보고 있을까.

의미 없는 생각을 하다, 작게 한숨을 쉬고 바지 주머니에서 직장 열쇠를 꺼냈다.

♦ ♦ ♦ ♦ ♦

언제나처럼 직장에 제일 먼저 온 나는 전국에서 '수요일 우체국' 앞으로 보낸 편지 다발을 작업 책상에 턱 올려놓았다. 매일 '진짜 우체국 국원'이 빨간 오토바이를 타고 터널을 지나 이 쓸쓸한 항구까지 배달해 준다.

우리 '국원'의 일은 이 편지를 전부 읽고 공공질서와 미풍양속에 반하는 내용이 없는지, 어린이에게 보내도 괜찮은지, 개인 정보는 적지 않았는지, 등등의 항목을 체크한 뒤, 그 편지를 섞어서 다른 누군가 앞으로 발송하는 것이다.

더 자세히 말하자면, 모든 편지에 번호를 붙이기도 하고, 도도부현별로 분류하기도 하고, 편지 내용을 스캔하여 데이터베이스로 남기기도 하고, 주소를 컴퓨터에 입력하여 프린트도 하고, 그것을 봉투에 붙이기도 하고…, 다양한 잡무가 있다. 그리고 이런 일을 국원 모두 서로 나누어서 작업한다.

이 사무실에 상주하며 전업으로 일하는 것은 나를 포함, 지역에서 채용한 세 명뿐으로, 나머지 여러 명의 국원은 '수요일 우체국'을 기획한 사무국 사람들이거나 그 친구의 지인이다. 그들 대부분은 20대부터 30대의 젊은이들로, 말하자면 자원봉사자들이다. 주 3회 정도 오는 사람도 있고, 10일에 한 번 오는 사람도 있다.

참고로 지역에서 채용된 우리 '상주 3인조'는 나란히 50대로 비교적 고령이다. 운영비나 스태프 인건비는 지역 기업에서 협찬, 크라우드 펀딩, 기부, 공식 굿즈 판매 등으로 때우고 있다. 물론 우리 나이를 생각하면 일반적으로는 만족스러운 보수라고 할 수 없을 것이다. 그래도 쓰나미로 '일상'을 잃고, 익숙하지 않은 직업을 전전해 온 내게는 일이 있다는 것만으로도 감사하고, 무엇보다 나는 이 일이 무척 마음에 든다.

마음에 든 이유는 지극히 단순하다.

매일 낯선 누군가의 소소한 '수요일'과 계속 만나는 것으로, '평범하게 살아가는 일'이 너무나 사랑스럽기 때문이다.

"자, 그럼…."

나는 창가에 있는 내 책상에 앉아서 컴퓨터를 켰다.

메일도 체크하고 집에서 갖고 온 캔 커피도 마시면서 서서히 작업 모드로 바꾼다.

문득 얼굴을 들자, 창 너머에 낡은 항구와 불이 켜지지 않는 등대가 보였다. 언제라도 바다를 볼 수 있는 환경은 내가 이 일을 선택한 큰 이유이기도 하다.

아담한 이 항구의 정식 이름은 '구사메가우라 어항'이다. 일본 3경의 하나로 알려진 마쓰시마만의 외해 쪽에 위치해서 전시에는 군용 기지로 쓰였다고 한다.

나는 잠시 잔잔한 바다를 응시했다.

아침 햇살이 비치는 눈부신 해원.

저 맑고 차가운 바닷물 속에 지금도….

마음이 멀리로 날아가려 할 때, 덜컹 하는 소리가 나며 현관문이 열렸다.

"오, 켄 씨, 여전히 일찍 왔네."

기운차게 사무실에 들어온 사람은 야나카 구니오 씨였다.

"안녕하세요오."

그의 부인인 히토미 씨도 이어서 들어왔다.

야나카 부부는 옛날부터 친하게 지내던 이웃사촌이다. 게다가 야나카 부부의 외동딸 치아키와 내 외동딸 리호는 소꿉친구로 지금도 같은 학교 동급생으로 친하게 지내고 있다. 일을 찾던 내게 "국원을 모집하는데 괜찮으면 같이 일하지 않겠수?" 하고 수요일 우체국을 소개해 준 것도 이 부부였다.

즉, 지역 채용의 '상주 3인조'는 나와 야나카 부부를 말한다.

"좋은 아침."

싱글거리는 두 사람에게 나도 웃는 얼굴로 대답했다.

"오늘도 꽤 많이 왔네."

구니오 씨가 전국에서 온 봉투 다발을 보고 팔짱을 꼈다.

"요즘 점점 늘어나네요."

히토미 씨가 기쁜 듯한, 난감한 듯한 복잡한 표정을 지었다. 인기가 생기는 것은 좋지만, 업무량이 늘어나면 그건 그것대로 국원은 힘들다.

"역시 현대인은 모두 외로운 게 아닐까?"

구니오 씨는 그렇게 말하면서 봉투를 묶은 노란 고무줄을 풀었다.

"그럴지도 모르겠네."

히토미 씨도 작업을 돕기 시작했다.

모두 외로운가….

나는 창 너머로 해원을 흘끗 보고 일어섰다. 그리고 입가에 작은 미소를 지으며 야나카 부부가 있는 작업 책상으로 걸어갔다.

"그럼, 오늘도 열심히 해 볼까."

내가 말하자 마음씨 좋은 야나카 부부가 빙그레 미소를 지어 주었다.

봉투 개봉 작업에 들어가자, 히토미 씨가 바로 "아, 그러고 보니." 하고 얘기를 꺼냈다. "리호, 고등학교 졸업하면 도쿄 가고 싶다 한다면서요?"

"허…."

우리 리호가?

청천벽력이었다. 대답을 못하고 있자, 구니오 씨가 눈썹을 여덟팔자로 하고 말했다.

"하지만, 혼자는 쓸쓸하지."

"쓸쓸하다니…, 리호가?"

"엉? 아니, 켄 씨가. 외로운 건 떠나는 쪽이 아니라 남는 쪽이지."

확실히…, 듣고 보니 지당하지만, 대체 어째서 리호는….

동요를 눈치채지 못하도록 슬쩍 심호흡할 때,

"아…."

내 입에서 짧은 비명이 새어 나왔다.

"엉? 왜 그래?"

얼굴을 들고 이쪽을 보는 구니오 씨.

"아니, 종이에 좀…."

나는 검지를 들어 구니오 씨에게 보였다.

"베였구나."

묵묵히 끄덕였다.

무심코 편지지 가장자리에 손톱 밑을 베었다. 찢어진 얇은
피부 사이로 피가 몽글 올라왔다.

작은 돔 모양으로 봉긋해진 피는 무당벌레를 연상케 했다.

"어머나. 반창고가 어디 있더라."

히토미 씨가 사무실 안을 우왕좌왕했다.

"괜찮아요. 피는 바로 멎으니까."

나는 쓴웃음을 지으면서 가까이 있던 휴지로 상처를 눌렀
다. 흰색 휴지에 한 점, 작고 붉은 얼룩이 졌다. 휴지를 떼자 또
동그란 무당벌레처럼 작은 피가 돔처럼 부풀었다.

무당벌레.

행복을 부르는 벌레….

멍하니 그런 생각을 하는데 가슴이 따끔 아파져 와서 나는 창밖의 해원으로 시선을 보냈다.

◆ ◆ ◆ ◆ ◆

하루 일을 마치고 귀가했다. 현관에 들어서자마자 달콤짭짤한 간장 냄새가 코를 간질였다.

"다녀왔어."

말을 걸며 부엌으로 갔다.

고등학교 교복 위로 오렌지색 앞치마를 한 리호가 이쪽을 돌아보았다. 까만 말총머리가 생기 있게 통통거렸다.

"아주 좋은 냄새가 나네."

"그렇지?"

리호는 가늘고 길고 축 처진 눈을 더 가늘게 뜨며 미소를 지었다.

"뭐 만드는 거야?"

"니부타(돼지고기 수육—옮긴이). 압력 냄비 있는 참에 써 볼까 하고."

"니부타라고, 좋네."

"술안주도 되겠지?"

"응, 되지."

둘이 사는 리호와 나는 매일 교대로 저녁을 준비하기로 되어 있다. 리호가 당번인 날은 내가 좋아하는 가자미조림을 만들어 줄 때가 많다. 죽은 아내 사오리를 닮아서 리호는 배려심이 깊다.

"아빠, 욕실 청소 부탁해도 돼?"

"오케이."

대답한 나는 욕실로 가기 전에 부엌 옆의 거실로 가서 서랍장 위에 있는 작은 불단에 향을 꽂았다.

사오리의 영정은 언제나와 다름없이 살짝 눈부신 듯한 웃는 얼굴로 나를 바라봐 주었다.

가볍게 합장하고, 마음속으로 '다녀왔어.' 하고 인사했다.

사오리는 쓰나미에 휩쓸려 세상을 떠났다.

유해는 찾지 못했다.

솔직히 찾을 수 있을 것 같지도 않고, 수색을 요청할 마음도 없어졌다.

사오리의 묘는 바다이다.

저 넓은 바다 어딘가에 사오리는 있어….

몇 번이고 몇 번이고 자신에게 그렇게 말하는 사이에 나는 나를 속이는 데 성공한 것 같다.

그날, 시커먼 쓰나미가 삼킨 것은 사오리뿐만이 아니었다. 어부였던 나의 어선과 멍게 양식 선반까지 고스란히 갖고 갔다. 남은 것은 잠자리까지 침수되어 진흙투성이가 된 집과 추위와 공포에 떠는 초등학교 5학년 리호뿐이었다.

같은 어부 협동조합 조합원이었던 야나카 부부도 어선과 양식 선반을 잃고, 집이 침수되어 어쩔 줄 몰라 했다.

쓰나미 이후, 새로 어선과 양식 선반을 살 돈이 없던 우리 두 가족은 어업을 폐업하고 서로 도우면서 직업을 전전했다. 그리고 지금 신기한 터널 너머에 있는 '수요일 우체국'에서 이따금 멍하니 바다를 바라보면서 함께 일을 하고 있다.

오늘은 평온하고, 반짝거리는 바다였어….

사무실 창 너머로 보인 한낮의 바다를 떠올리고, 나는 조그맣게 한숨을 쉬었다.

그리고 불단 옆에 있는 사오리의 영정을 바라보았다.

이봐, 사오리, 리호는 도쿄로 떠날 건가 봐. 내게는 말하지 않았지만, 꿈이 있다네….

가슴속으로 중얼거리는데 왠지 뺨이 벙글거렸다. 사오리의 눈부신 미소가 내게 전염된 것 같은 기분이 들었다.

자, 하고 나는 발길을 돌려 욕실로 향했다. 그리고 평소보다 꼼꼼하게 욕조를 씻었다.

리호가 만든 니부타는 혀에서 살살 녹을 정도로 부드럽고 간도 잘 맞았다.

"이거, 콜라로 졸인 거야."

"콜라라니, 그 마시는 콜라?"

"응. 탄산이 고기를 부드럽게 해 준대. 게다가 압력 냄비를 사용했거든."

"더블 효과였던 거네."

"아하하. 그거 뭔가 세제 광고에 나오는 말 같아."

"그러고 보니 그렇구나. 밥이 맛없어지겠다."

"입 안에서 거품이 일 것 같아."

"야, 진짜 맛없어지겠다."

"아하하하하."

부녀의 식탁에는 언제나 평화롭고 흔한 가정의 공기가 흐른다. 하지만 문득 '단둘'이라는 의식이 들 때면 천장이 별나게 높이 느껴진다.

수다쟁이인 리호는 곧잘 개그를 하고, 나도 거기에 열심히 호응한다. 식사도 대부분 맛있지만, 가끔 맛이 없어도 그걸 소재로 서로 웃는 관계는 구축하고 있다. 뒷정리도 함께 한다.

그래도 이 식탁에는 부족한 것이 있다.

그리고 그 부족한 것을 우리가 굳이 언급하지 않는 것이 천장을 높게 느끼는 이유란 것도 알고 있다.

"어?"

다시마조림을 집으려던 리호가 고개를 갸웃거렸다.

"응?"

"아빠, 손가락 왜 그랬어?"

"아, 이거. 일하다 종이에 베여서."

나는 반창고 감은 손가락을 보았다.

"아프지, 종이에 베이면. 나도 교과서나 노트에 곧잘 베이지만."

"한동안 따끔거리겠지."

"동그랗게 나오는 피가 좀처럼 멎지 않아 그치."

"응. 볼록 올라온 피가 작은 돔처럼 생겨서 무당벌레 같았어."

오늘 아침의 통증을 떠올리면서 말했다.

"무당벌레?"

"응, 크기가 그 정도였거든."

"무당벌레라면 불행 중 다행이네."

그렇게 말하고 리호는 의미 있는 미소를 지었다.

나는 설마, 하며 묵묵히 리호의 다음 말을 기다렸다.

"몸 어딘가에 무당벌레가 앉으면 좋은 일이 생긴다고 하잖아."

"그런 것 같더라."

"영어로 무당벌레를 뭐라고 하는지 알아?"

"레디버그."

"어, 아네."

"음, 좀."

"그럼, 레디버그가 무슨 뜻이게?"

"레디의 뜻이라… 음….'

뭐였더라?

나는 검지로 관자놀이를 짚으면서 고개를 갸웃거렸다.

"정답 알고 싶어?"

싱글벙글 웃는 얼굴의 리호가 내 눈을 들여다보면서 말했다.

"응, 포기."

"그러면 정답을 말하겠습니다. 레디는요, 성모 마리아 님을 말하는 거야."

"아, 그랬지." 나는 무릎을 쳤다.

"생각났어?"

"응, 생각났어."

"마리아 님이어서 '재수 좋은 것'이란 뜻으로 무당벌레는 행복을 불러오는 벌레가 된 거래."

"리호, 잘 아네."

눈이 부신 것이라도 보듯이 리호를 보며 나는 약간 잠긴 목
소리로 말했다.

"옛날에 엄마가 가르쳐 주었지만."

식탁에서 부족한 것, 을 리호가 언급했다.

"그랬구나."

"응."

"사오리가."

"응…."

"그러고 보니 나도 그 얘기, 들은 적이 있는 것 같네. 아직 결
혼하기 전이었지만."

"엄마는 그런 자연과학계 잡학에 강한 사람이었어, 그렇지."

"그렇지. 꽃이나 풀이나 생물이나 그런 유의 책을 자주 읽었
어."

나와 리호는 불단 옆의 영정을 보았다. 행복한 듯이 눈을 가
늘게 뜬 사오리가 미소를 짓고 있다.

그 미소에 등을 떠밀렸다고 할까, 나는 귀가한 뒤 줄곧 할까
말까 망설이던 말을 입에 올렸다.

"그러고 보니, 리호."

"응?"

"고등학교 졸업하면 도쿄에 가고 싶다며?"

되도록 자연스럽게 평온한 음색으로 말할 생각이었다.

그러나 리호의 표정이 싹 굳어졌다.

"어⋯."

"응?"

"아빠가 어떻게 알아?"

"어떻게라니⋯."

내가 대답하기 전에 리호가 먼저 말했다.

"앗, 그렇구나. 치아키네."

"⋯⋯."

"아빠, 우체국에서 히토미 씨한테 들었구나?"

"음, 뭐. 그렇긴 하지만."

리호는 학교에서 치아키에게 얘기한 것이다. 장래에는 애니메이션 만드는 일을 하는 게 꿈이어서, 도쿄에 있는 애니메이션 전문학교에 들어가고 싶다고. 그리고 그걸 치아키가 집에서 히토미 씨한테 얘기하고 오늘 히토미 씨를 통해 내 귀에 들어왔다.

"치아키는, 하여간 옛날부터 수다쟁이라."

"어때, 별로 숨길 일도 아니고."

"저기, 아빠."

"응?"

"히토미 아줌마한테 어디까지 들었어?"

"어디까지라니…."

어디까지 얘기해야 할까, 생각했지만, 감춰 봐야 소용없을 것 같았다. 나는 히토미 씨에게 들은 것을 솔직하게 얘기하기로 했다.

"뭐, 요컨대 그거잖아? 리호는 애니메이션 만드는 사람이 되고 싶은 거지?"

"……."

리호는 아무 대답도 하지 않고 그저 나를 빤히 바라보았다. 그래서 내가 되레 물어보았다.

"도쿄의 애니메이션 학교에 가면 그 꿈은 이루어질 것 같니?"

내 물음에 대답하기 전에 리호는 '하아' 하고 한숨을 흘렸다. 그리고 손에 든 젓가락을 내려놓더니, 야무진 눈빛으로 나를 보며 이렇게 말했다.

"있잖아, 그냥 학교에 다닌다고 이루어지는, 그런 간단한 게 아니야."

"그러냐. 그건 확실히…."

꿈이란 게 그리 간단히 이루어지는 게 아니지, 생각하니 대답할 말이 궁해졌다. 그래도 아주 조금이라도 힘이 되라고 이렇게 말을 이었다.

"돈 문제라면 걱정하지 않아도 돼."

그러자 리호는 입을 다물었다.

내게서 시선을 돌리는가 싶더니 다시 젓가락을 들고 니부타를 입에 넣었다. 흐물흐물 무너지는 니부타를 씹어서 삼키더니, 이번에는 된장국을 마시고, 또 밥을 입에 넣었다.

식탁에 묘하게 무거운 침묵이 내려앉았다.

벽걸이 시계의 초침 소리가 톡, 톡, 톡… 하고 공간을 떠돈다.

맙소사, 기분이 언짢을 때 입을 다무는 것은 사오리와 똑 닮았다.

나는 한숨을 참으면서 히토미에게 들은 말을 떠올렸다.

학교에서 리호는 치아키에게 이런 말도 한 것 같다. "아빠한테는 폐를 끼치고 싶지 않아. 그리고 아빠한테 말하면 분명히 '도쿄에 가렴'이라고 할 게 뻔해."라고.

나는 애써 평온한 목소리로 말했다.

"근데 그 전문학교 팸플릿 없니?"

"없는데."

단 세 글자의 쌀쌀한 대답에 나도 모르게 웃어 버렸다. 그리고 나도 젓가락을 움직였다.

"뭐가 웃겨?"

리호가 의아하다는 눈으로 말했다.

"아니, 모녀가 너무 닮았네 싶어서."

"엉?"

"기분 안 좋아졌을 때의 태도가 똑같아."

"……."

난감하다는 얼굴을 한 딸은 더욱 사오리와 닮았다.

"저기, 많은 건 아니지만, 일단 어부 생활할 때 해 놓은 저축은 있어. 리호는 리호가 하고 싶은 대로 하면 된다니까. 아빠, 응원할 테니까."

전반은 거짓말이지만, 후반은 솔직한 기분이었다.

그러나 역시 고등학생이나 되고 보니 이런 허술한 거짓말은 통하지 않았다.

"나 돈 걱정은 하지 않아, 라고 말할 수 있을 거라고 생각해?"

"……."

"치아키조차 사립대는 무리일 것 같아서 국립대 칠 거라는데."

과연. 야나카네는 부부가 같이 일하지만, 우리 집은 혼자. 즉, 리호는 우리 집 수입은 야나카네 절반이라고 생각하는 것이다. 한심하지만, 그건 사실이다.

"저축은 정말로 있고, 만약 그게 모자란다면 일을 더 하면
돼. 전직해도 되고. 정말로 걱정하지 않아도 돼."

리호가 또 입을 다물었다.

째깍, 째깍, 째깍… 하고 벽걸이 시계 초침 소리가 식탁에
내려앉았다.

"거짓말쟁이."

리호의 입술에서 작은 소리가 툭 굴러 떨어졌다.

"뭐?"

"전직 같은 것 하고 싶지 않으면서."

"……."

"아빠, 지금 직장 무진장 마음에 든다고 몇 번이나 말했잖
아?"

확실히 전에 그런 말을 한 기억은 있다.

"뭐, 그건 그렇지만."

그렇다고 해서 리호 아빠의 의무를 게을리할 생각은 없다.
변명이 아니라, 그게 아버지가 할 일이라고 생각한다.

"아빠가 딸의 꿈을 응원하고 싶다는데 뭐가 나쁜 거야?"

"나쁘지는 않아."

"그럼 뭐가 문제야?"

그러자 리호는 '하아…' 하고 보란 듯 한숨을 쉬었다. 그리고

불쑥 말했다.

"무거워."

"……."

"아빠가 아빠 인생을 희생해서까지 키워 주는 것, 나는 오히려 무겁게 느껴져."

어이, 어이, 그 대사야말로 무거워….

나는 위 언저리가 묵직해지는 느낌이 들어서 다음 말이 나오지 않았다.

"그러니까 일단 도쿄 가는 얘긴 잊어도 돼."

"잊다니…, 리호 꿈이잖아?"

"별로."

두 글자로 거짓말을 하고 리호는 또 젓가락을 움직였다.

그 거짓말은 나를 조금 짜증나게 했다.

"그럼 리호는 왜 치아키한테…."

"그건." 하고 말을 끊는 리호의 미간에는 드물게 주름이 졌다. "무심코 가벼운 마음으로 말해 본 것뿐이랄까…, 문득 떠오른 말 있지? 그런 건 누구한테나 있잖아? 게다가…."

"게다가, 뭐?"

나까지 자제력을 잃을 뻔하여 조금 퉁명스러운 말투가 돼버렸다.

"나도 이런저런 게 있다고."

"그, 이런저런 게 뭔데?"

"그러니까 이런저런이란 건…." 하고, 몸을 앞으로 내민 리호는 하려던 말을 삼키듯이 입을 다물었다. 그리고 심호흡으로 마음을 가다듬은 뒤, 새삼스레 불만스럽게 입을 열었다.

"돈 얘기뿐만이 아니라, 나한테도 생각하는 건 있어. 남한테 말하고 싶지 않은 일도 많이 있다고. 인간이란 그런 거잖아?"

리호가 돈 이외에 생각하는 것….

나는 문득 구니오 씨의 볕에 그을린 얼굴을 떠올렸다.

하지만, 혼자는 쓸쓸하지.

구니오 씨가 그렇게 말했다. 그리고 쓸쓸한 것은 남겨진 자라고.

"리호."

"…뭐?"

상당히 진지하게 못마땅한 얼굴을 한 딸을 보니, "아빠는 별로 외롭지 않아."라고 가벼운 거짓말은 할 수 없었다. 그래서 그만 얘기를 돌렸다.

"내일, 학교 가서 치아키한테 화내지 마라."

"엥, 뭐야, 그건?"

"…뭐긴 뭐야, 그게 그거지."

"화내지 않아. 그냥 어이없을 뿐. 나 지금도 화나지 않았어."

충분히 화냈잖아, 라고는 하지 않고, "그러면 다행이지만." 하고 나도 니부타를 입에 넣었다. 그리고 이 불편한 공기를 조금이라도 누그러뜨리려고 "역시 맛있네, 이거." 하면서 뻔히 속보이는 비위를 맞추었다.

그러나 리호는 거기에는 대답하지 않고 "잘 먹었습니다." 하고 무뚝뚝하게 말하더니 자기가 먹은 그릇만 부엌에 갖다 놓고는 그대로 계단을 올라가 2층 자기 방으로 가 버렸다.

쾅, 하고 소리 내며 닫히는 문.

그 소리를 듣고서야 나는 참고 있던 한숨을 크게 내쉬었다.

"하아…"

대체 뭐지, 이 전개는.

아니, 내가 뭐 그리 나쁜 말을 했나….

속으로 투덜거리면서도 어딘가 매달리는 마음으로 사오리의 영정을 보았다.

아무 말도 하지 않는 사오리의 미소를 바라보고 있으니, 리호와 둘이 산 날들이 뇌리를 빙글빙글 돌아다녔다. 슬프면서도 초조하고, 갈피를 잡지 못하면서도 몸을 던져 일하고, 길거리를 헤매면서 불안과 싸운 그런 재색의 노도 같은 날들이었다.

그런 한편으로 초여름 해님 같은 리호의 웃는 얼굴에 힘을 얻고, 쓸쓸해 보이는 우는 얼굴을 보고는 용기를 쥐어짜고, 평온하게 잠든 얼굴을 보면서 소리 죽여 운 적도 있다.

나는 리호의 존재와 그 성장을 삶의 보람으로 생각하며, 지금까지 힘을 내어 살아왔다.

아빠 삶의 보람이라고 하면, 그것 역시 무겁다고 하겠지….

그렇게 생각하니 또 한숨이 나온다.

솔직히 리호에게는 감수성 풍부한 소녀 시절에 많은 인내를 강요했다고 생각한다. 어쨌든 리호는 너무 착하다. 식사 당번도, 그 밖에 기타 등등의 집안일 분담도 리호가 먼저 나서서 나를 도와주었다.

그렇게 '착한 아이'에게 장래 꿈이 있다는 걸 알면서 응원하지 않는 아빠가 대체 어디에 있겠는가.

뭐, 하지만….

"무거운 아빠는 확실히 싫을 거야…."

사오리의 영정을 향해 나는 힘없이 중얼거렸다.

✦ ✦ ✦ ✦ ✦

다음 날 아침에도 식탁 공기는 어색했다.

내가 먼저 말을 걸어도 리호는 최소한의 대답만 했다.

"언제까지 화낼 거야. 좀 너무하네."

하고 나무라도,

"헐? 나, 화내지 않았는데?"

하고 오히려 기분 나쁘다는 얼굴로 대꾸했다.

그런 상황에서도 우리 부녀는 언제나처럼 어깨를 나란히 하고 부엌에 섰다. 나는 2인분의 도시락을 만들고 리호는 2인분의 아침을 만들었다. 그리고 언제나처럼 식탁에 마주 앉아 밥을 먹었다.

식사를 마치자, 리호는 교복으로 갈아입고 가방을 메고 현관으로 향했다.

나도 그 뒤를 따라갔다.

언제나의 아침과 마찬가지로 등을 동그랗게 말고 신발을 신는 딸에게 말했다.

"오늘도 즐겁게."

생전의 사오리가 매일 아침 리호에게 건네던 '오늘도 즐겁게'라는 말을 내가 그대로 이어받았다.

평소라면 리호는 '응, 다녀오겠습니다.' 하고 이쪽을 돌아보며 웃는 얼굴을 보여 주고 나갈 텐데, 오늘은 역시 달랐다.

모깃소리 같은 작은 목소리로 "…겠습니다."라고만 하고 얼른 현관문을 열고 나가 버렸다.

엉겁결에 그 등에 대고 '학교 가서 치아키한테 뭐라 그러지 마….' 하고 말할 뻔했지만, 그 말은 꾹 참았다. 더 이상 '무거운 아빠'가 되고 싶지 않다. 게다가 악의 없는 소꿉친구에게 진심으로 화를 낼 딸은 아니라는 신뢰도 있다.

쾅 하고 닫힌 현관문.

그 너머에서 리호의 멀어져 가는 발소리가 희미하게 들려 왔다.

좀처럼 기분을 풀지 못하는 것까지 사오리와 닮았네.

"후우…."

축축한 한숨을 쉬고 나는 출근 준비를 시작했다.

✦ ✦ ✦ ✦ ✦

리호와는 어색했지만, 터널을 빠져나온 저 너머 세계에는 언제나처럼 평화로운 바닷바람이 불고 있었다.

게다가 오늘은 야나카 부부 외에 아침부터 학생 자원봉사자가 와 있었다. 명랑 쾌활하고 아주 영리해 보이는 청년들은 둘다 이시마키에 산다고 한다.

이 젊은 조수들 덕분에 일은 척척 순조롭게 진행됐다.

오전 11시가 지나서 창 너머 바다에 진한 청색이 드리워지기 시작했을 무렵, 나는 가장 좋아하는 일, 즉 편지에 쓰인 내용 체크에 몰두했다.

그때 구니오 씨가 말을 걸었다.

"켄, 꽤 진지하게 읽는 것 같은데, 그거 좋은 편지야?"

"응? 아, 응. 뭔가 아주 열이 담긴 긍정적인 편지야."

"오호, 어떤?"

"간단히 말하자면, 그림책 작가가 되겠다는 꿈을 이루고 싶어서 용기 내어 한 걸음을 내딛겠다고 하는 '선언' 같은 편지야."

그렇게 말하고 나는 다시 편지지를 내려다보았다.

볼펜으로 쓴 편지 글씨에는 어떤 '기세'가 있어서 쓰는 사람의 '열熱'이 행간에 배어나는 것 같았다. 잘못 쓴 부분은 볼펜으로 그대로 벅벅 뭉갰다. 아마 이 편지를 쓴 사람은 터질 듯한 감정을 바로 편지지에 쏟아붓듯이 썼을 것이다.

편지 끝에는 사방 5센티미터쯤 되는 등대 그림이 그려져 있었다. 단순한 터치의 선 그림이지만, 그림책 작가를 지망하는 사람인 만큼 아마추어 눈에도 상당히 잘 그린 것으로 보였다. 게다가 이 그림의 등대는 살아 있었다. 확실하게 빛을 뿌리고 있다.

나는 문득 창밖으로 시선을 보내 불을 켜지 않게 된 등대를 보았다.

저 등대는 누구에게서나 잊혀 가는 걸까….

"죄송합니다. 그 편지, 저도 읽고 싶은데 봐도 될까요?"

학생 스태프가 말을 걸어 왔다.

나는 "물론." 하고 끄덕이고 편지지를 넘겨주었다.

그는 한동안 편지지에 진지한 눈길을 보내더니, 읽고 난 뒤에는 '으음' 하고 고개를 갸웃거리며 얼굴을 들었다.

"어떻게 생각해?"

나는 학생에게 감상을 물어보았다.

"뭐랄까…, 내용은 확실히 긍정적이지만. 근데 서른세 살이나 돼서 일러스트레이터 친구를 질투하고, 꿈이니 뭐니 현실성 없는 말을 하는 건 좀…."

"좀?"

"솔직히 이 사람 좀 아픈 사람이구나… 하는 생각도 들어요."

아픈 사람이라.

"상당히 엄격하네."

내가 말하자, 학생은 "아뇨…." 하고 쓴웃음을 지었다.

"아, 하지만 이 사람 '생각' 같은 건 전해졌습니다."

"응. 전해지지."

"나이에 비해 솔직하게 써서, 겠죠?"

나이에 비해, 솔직하게, 라.

정말 그럴지도 모르겠네.

"미안. 그거 다시 보여 줄래?"

나는 편지지를 다시 받아서 새삼스럽게 나이와 이름을 체크
했다.

이름은 이마이 히로키 씨.

나이는 서른세 살이었다.

"30대면 아직 앞으로 뭐든지 할 수 있는 나이 아냐?"

구니오 씨가 눈썹을 여덟팔자로 만들며 말했다.

"이야, 그런가요? 진지하게 꿈을 좇기에는 아무래도 좀 늦지
않나."

또 다른 학생이 구니오 씨에게 그렇게 말하며 쓴웃음을 지
었다.

우리 50대가 보기에는 서른세 살이면 아직 충분히 다시 시
작할 수 있는 '젊은이'지만, 스무 살 남짓한 이 학생들이 보기에
서른세 살은 이미 '먹을 만큼 먹은 아저씨'일 것이다.

요컨대 이것이야말로 세대차이란 것이다.

일단 나는 그 차이 속에 들어가서 이도 저도 아닌 의견을 얘
기했다.

"뭐, 서른셋은 미묘한 나이이긴 해. 하지만 마지막에 '죽을 때 후회하지 않기 위해 한 걸음 내딛겠습니다'라고 쓰여 있는데, 이건 여간 어려운 결심이 아니야. 훌륭하다고 생각해."

"죽을 때 후회하지 않는다, 라…."

구니오 씨가 감개무량한 듯이 끄덕였지만, 젊은 두 학생은 그다지 와 닿지 않는 모습이었다.

나는 문득 생각했다.

이 편지를 지금 리호가 읽으면 과연 어떻게 느낄까?

적어도 두 학생과는 다르게 받아들이지 않을까….

그런 기분이 들었다.

왜냐하면 리호는 철이 든 뒤로 엄마의 '죽음'을 경험했기 때문이다. 경험했기 때문에 오히려 '생'의 가치와 그 의미를 깊이 생각할 터이고, 편지 내용에 있던 '죽을 때 후회하지 않기 위해'라는 말도 현실감을 갖고 받아들이지 않을까.

단 한 번뿐인 인생을 어떻게 살아야 하는가….

리호는 그 물음의 소중함을 아프리만치 이해하고 있을 것이다. 그래서 나는 리호의 꿈을 응원해 주고 싶은지도 모른다. 설령, 무거운 아버지라고 불편해하더라도.

점심시간.

우리 지역 채용 세 사람은 작업 책상을 정리하고 도시락을
펼쳤다. 두 학생은 레스토랑에서 인기 있는 런치를 먹겠다며
차를 타고 시내로 나갔다.

서로 속을 아는 세 사람만 남자, 나는 어젯밤부터 리호와 조
금 불편해진 일을 농담처럼 투덜거렸다. 그러자 히토미 씨가
"그런 건 신경 쓰지 않아도 괜찮아요." 하고 웃으면서 얘기했다.

"리호, 켄 씨 정말 좋아하던걸요."

"예?"

"요전에 리호가 우리 집에 놀러 왔을 때, 이런 말을 하더라고
요." 눈꼬리에 주름을 지으며 히토미 씨가 느닷없이 리호 말투
를 흉내 냈다.

"아빠가 저녁 해 주는 날은 오므라이스일 확률이 높아요."

상당히 비슷하다.

"오므라이스라면 리호가 어린 시절부터 제일 좋아하던 거
지."

구니오 씨가 그리운 듯한 얼굴로 말했다.

"내가 그렇게 자주 만들었나…."

조금 쑥스러워진 내 마음속에는 오히려 리호가 내가 좋아하는 걸 만들어 준 확률이 높아요, 하고 작은 반론이 있었지만, 굳이 말로 하지는 않았다. 대신 이렇게 말해 두었다.

　"뭐, 나도 오므라이스를 좋아해서."

　그러자 구니오 씨가 입에 밥을 넣은 채 웃음을 터트렸다.

　"아하하. 켄 씨 말이야, 그렇게 수줍어할 것 없잖아."

　"켄 씨네는 옛날부터 정말로 사이좋은 부녀예요. 싸우는 것도 사이좋다는 증거죠."

　히토미 씨가 농담처럼 말하면서도 간단히 정리해서 나는 더이상 반박할 것도 없었다. 다만 쓴웃음을 지으면서 구니오 씨 등 뒤로 보이는 창을 바라보았다. 네모난 유리 너머에는 애가 탈 정도로 맑고 파란 바다가 출렁이고 있었다.

◆ ◆ ◆ ◆ ◆

　점심시간이 끝나고 오후 작업에 들어가자, 또다시 마음을 흔드는 편지를 만났다.

　이번에는 꿈을 이루려고 하는 '뜨거운' 편지가 아니라, 이미 꿈을 이룬 사람이 쓴 무척 반짝거리는 편지였다.

　보낸 사람 이름은 이무라 나오미 씨.

나이는 40세라고 한다.

감색 잉크 만년필로 쓴 매끄러운 달필로 편지지를 메우고 있었다.

이무라 나오미 씨는 어릴 때부터 꿈이었던 '빵가게'를 차려서 성공한 사람이었다. 처음에 만든 가게가 탄탄하게 자리를 잡자, 이동판매도 시작하여 그쪽도 점점 큰 인기를 얻고 있다고 한다. 지금은 가게 수도 늘고, 이따금 잡지 취재도 받는 모양이다. 날마다 많은 손님과 친해지고, 가게 스태프와도 사이가 좋으며, 사랑하는 가족의 이해도 얻고 있다는… 그야말로 인생 구석구석까지 행복한 성공자였다.

감색 글씨 하나하나에 '감사'가 넘쳐나, 편지지 그 자체에 온기가 가득 담긴 듯이 느껴졌다.

편지 후반에는 이무라 나오미 씨가 찾아냈다고 하는 '행복과 성공을 손에 넣기 위한 법칙'이 몇 가지 조목별로 쓰여 있었다. 그 부분을 읽은 나는 무심결에, 오, 과연…, 하고 신음할 뻔했다.

그리고 편지 끝에는 이렇게 쓰여 있었다.

당신과 당신 주변 사람들의 미래가 최고로 반짝이는 것이기를. 언제나 웃는 얼굴로 지내기를. 당신이 당신답게 있기를. 나의 수요일을 읽어 주어서 감사합니다.

다 읽은 나는 한동안 편지지를 든 채 창밖을 내다보고 있었다.

파란 하늘을 비추며 소리도 없이 흔들리는 해원.

홀로 우두커니 서 있는 등대.

그 백악 앞으로 갈매기 한 마리가 지나갈 때, 나는 문득 생각했다.

꿈을 이룬 이무라 나오미 씨의 편지와 지금 꿈을 향해 걸어가려고 하는 이마이 히로키 씨의 편지를 교환하면 어떨까⋯. 아마 서로에게 도움이 될 터다. 성공자인 이무라 나오미 씨는 예전에 꿈을 좇던 시절의 날들을 그립게 돌아볼 수 있을 테고, 도전자인 이마이 히로키 씨는 한 걸음 더 나아갈 용기도 얻고 성공 철학까지 배울 수 있을 테니.

나는 의자에서 일어나 오전 중에 읽은 편지 다발에서 이마이 히로키의 편지를 찾아냈다.

"응? 켄 씨 뭐해?"

구니오 씨가 나를 보며 고개를 갸웃거렸다.

"응 좀. 꼭 교환하게 해 주고 싶은 편지가 있어서."

"아하."라고 한 구니오 씨도 다른 스태프들도 딱히 내 행동을 신경 쓰는 모습은 없었다.

이런 일은 곧잘 있다.

물론 편지는 섞어서 무작위로 발송하는 것이 기본이지만, 예를 들면 꼭 어린이에게 보여 주고 싶은 꿈이 있는 편지를 어린이에게 보낸다거나, 병으로 아픈 사람과 마음을 돌보는 의사의 편지를 교환해 준다거나, 그런 양심에 기초한 '순수한 배려'라고 할 수 있는 규정 위반은 국원들 사이에서는 암묵의 이해로 되어 있다.

나는 바로 이마이 히로키 씨가 쓴 편지를 찾아냈다. 그리고 발송 작업 들어가기 전에 태연한 얼굴로 이 두 통의 편지를 복사했다.

복사물은 두 통 다 몰래 내 가방에 넣었다.

미안합니다. 잠시 빌리겠습니다….

속으로 중얼거리면서.

당연하지만, 원래 편지 반출은 금지다. 하지만 이 두 통의 편지만큼은 꼭…, 하는 간절한 마음이, 평소에는 고지식하다고 평가받는 나를 움직이게 했다.

✦ ✦ ✦ ✦ ✦

저녁 무렵, 일을 마친 나는 자전거를 타고 조금 돌아서 슈퍼에 들러 저녁 찬거리를 샀다.

집에 오자마자 바로 부엌에 섰다.

오늘 밤 저녁 식사 당번은 나다.

학교에서 돌아오는 길에 친구와 노는지, 리호는 아직 돌아오지 않았다.

나는 슈퍼 봉지에서 방금 산 오므라이스 재료를 꺼냈다. 평소에는 절대 고르지 않는 고급 갈색 달걀과 케첩 맛 볶음밥 재료인 양파와 베이컨이다.

리호가 가장 좋아하는 이 오므라이스는 사오리가 떠나고 얼마 되지 않았을 때, 아직 요리 기초도 몰랐던 내가 처음으로 배운 레시피였다. 애초에 보들보들하고 폭신폭신한 반숙 달걀로 완성될 확률은 50퍼센트였다. 대체로 첫 번째는 너무 익혀서 실패하고, 두 번째 도전에서 성공한다. 물론 리호에게는 언제나 두 번째 것을 먹였다.

처음으로 내가 만든 오므라이스를 먹었을 때, 아직 초등학교 5학년이었던 리호는 "우와앗, 입에서 달걀이 녹는 것 같아! 맛있어!" 하며 눈을 동그랗게 뜨고 기뻐했다.

그리고 그때 리호의 미소는 사오리가 떠난 이후 아마도 처음으로 내게 보여준 '진짜 미소'였다.

드디어, 드디어… 리호가 웃어 주었다!

행복한 표정으로 오므라이스를 입 안 가득 넣고 먹는 리호의 머리를 쓰다듬으면서 나는,

"맛있어? 아빠 것도 먹어도 돼." 하고 웃으면서 울었다.

그날부터 나는 마치 바보가 기술 하나 익힌 것처럼 오므라이스 만들기에 열중했다. 실패해도 굴하지 않고 몇 번이나 계속 만드는 동안 성공 확률은 점점 높아지고, 언젠가부터 보들보들 폭신폭신한 오므라이스는 내 특기 요리가 됐다.

그렇긴 하지만….

지금까지 나는 몇 접시의 오므라이스를 만들었을까. 한 손에 숟가락을 들고 "맛있어!" 하고 웃어 주는 리호의 존재에 얼마나 많은 구원을 받았을까.

뇌리에 오가는 몇 가지 그리운 장면에 마음이 촉촉해져서 한숨을 쉬면서도 내 오른손은 익숙한 손놀림으로 긴 젓가락을 재빠르게 움직여 달걀을 풀고 있다.

달걀을 풀면서 벽시계를 보았다.

리호, 늦네….

문득 생각한 그때, 옆에 두었던 스마트폰 진동이 울렸다.

나는 젓가락을 내려놓고 스마트폰을 체크했다.

생각한 대로 리호의 메시지였다.

짧은 메시지를 읽은 나는 '오케이. 올 때 조심하고.'라고만

답장하고 스마트폰을 내려놓았다.

친구 집에서 시험공부를 하고 있는데, 저녁을 얻어먹고 돌아온다고 했다.

나는 볼에 푼 2인분 달걀을 내려다보았다. 그리고 '뭐, 할 수 없지.' 하고 조그맣게 중얼거리고 그대로 재빠르게 오므라이스 두 접시를 만들었다.

완성한 오므라이스 중, 하나는 냉장고에 넣고 하나는 식탁으로 가져갔다.

텔레비전을 보면서 혼자 먹는 저녁, 평소보다 천장이 더 높게 느껴졌다. 사치스러운 계란을 사용하여 완벽하게 보들보들 폭신폭신하게 만들었지만, 기대한 만큼의 맛은 아니었다.

과연 '고독한 식사'란 이런 것이구나.

리호를 도쿄로 보내면 매일 밤 나는 이런 기분으로 식사하게 되는가.

나는 숟가락을 내려놓고 일어섰다.

그리고 냉장고에서 캔맥주를 꺼내 와서 캔째로 꿀꺽꿀꺽 소리 내 마셨다.

'푸아' 하고 나온 소리가 높은 천장에 빨려들었다가 사라졌다.

✦ ✦ ✦ ✦ ✦

오후 10시가 지났을 무렵에야 리호가 돌아왔다.

나는 별다른 잔소리도 하지 않고 "어서 와라. 목욕물 끓였다."라고만 했다.

냉장고 오므라이스 얘기는 어쩌다 보니 하지 못했다.

리호는 내가 한마디도 잔소리를 하지 않는 것에 오히려 동요했는지, "아, 응." 하고 짧게 대답하고 얼른 자기 방이 있는 2층으로 올라갔다.

그 후에도 딱히 말을 주고받는 일 없이 리호는 욕실에 들어가 씻고 나와서 내 시선을 피하며 부엌에서 물을 마셨다. 거실에서 텔레비전 뉴스를 보는 내 등에 대고 "잘 자." 하고 빠르게 말하는가 싶더니, 그대로 도망치듯 2층 자기 방으로 사라졌다.

돌아보며 말한 나의 "잘 자."는 가 닿지 않았을 것 같다.

혼자가 된 나는 텔레비전을 껐다.

시골 밤의 고요함에 싸였다.

나는 옆에 둔 가방에서 그 두 통의 편지 복사본을 꺼냈다.

그리고 두 통을 다시 한 번 더 읽어 보았다.

꿈을 안은 자가 용기를 내서 첫 일보를 내딛고, 이윽고 꿈을 이루고, 인생을 충실하게 살며 행복을 음미하고 있다….

두 통의 편지를 나란히 두고 보니 '인생의 교과서'라고도 할 수 있는 '흐름'이 보였다.

나는 그 두 통을 식탁 구석에 놓고, 대신 아무것도 쓰지 않은 새하얀 '수요일 우체국' 공식 편지지를 펼쳤다.

그리고 일할 때나 사용하던 볼펜을 들었다.

하지만, 곧 생각을 고쳐먹고 연필로 바꿔 들었다.

볼펜은 지우고 다시 쓸 수가 없으니까.

나는 이마이 히로키 씨처럼 뜨거운 문장을 쓸 만한 사람이 아니다. 잘못 쓴 부분을 볼펜으로 뭉개는 편지는 어울리지 않는다. 만약 잘못 썼을 때는 지우개로 깨끗이 지우고 정중하게 다시 쓰는 것이 재주 없는 나답고, 그편이 리호에게도 제대로 전해질 것이다.

"자…,"

무엇부터 쓸까.

평소라면 많은 편지를 '읽기'가 일이지만, 막상 '쓰기'가 되니 이게 또 어렵다.

생각해 보면 어린 시절의 나는 글짓기를 못하지 않았던가.

편지지 첫 줄에,

'리호에게'라고 쓰자마자 연필은 딱 멈추었다.

역시, 메일로 쓸까….

약간 소심해졌을 때, 낮에 학생이 한 말이 생각났다.

"이 나이에 비해 솔직하게 써서, 그럴까요?"

그는 그렇게 말했다.

그랬다. 솔직하게 쓰면 전해질지도 모른다.

나는 마음속으로 '솔직하게, 솔직하게…' 하고 중얼거리면서 말을 찾았다.

그 결과, 서두는 이렇게 됐다.

'수요일 우체국'에 리호가 읽어 주었으면 하는 편지가 두통 왔습니다. 몰래 복사해 왔으니까 읽어 보세요.

솔직히 썼더니 묘한 위화감이 들었다.

딸에게 쓰는 편지인데 존댓말이어서다.

하지만 '편지가 두 통 왔다', '읽어 봐라'라고 쓰면 너무 딱딱한 문장이어서 그건 그것대로 나답지 않다는 생각이 들었다.

"뭐, 어때…."

존댓말로 계속 쓰기로 했다.

나는 연필로 썼다가는 지우고 썼다가는 지우기를 되풀이했다.

그러나 두 시간이나 걸려서 간신히 완성한 편지는 내가 봐도 한심할 정도로 못 썼다.

아빠에게 리호의 꿈을 응원하게 해 주세요.

미력할지도 모르지만, 할 수 있는 한 힘이 되고 싶습니다.

어째서 응원하고 싶은가?

아빠 나름대로 생각해 보니, 답은 단순했습니다.

리호가 기뻐하는 얼굴을 보는 것이 아빠(와 천국의 엄마)의 기쁨이니까요.

행복해지는 것도 효도입니다.

아빠는 자기희생을 하여 리호를 응원하는 게 아닙니다.

오히려 리호에게 효도를 받아서 내가 기뻐하고 싶은 겁니다.

이것은 정말로 솔직한 기분입니다.

그러니까 절대 무거운 아빠가 아니에요.

필압이 센 탓인지 지우개로 몇 번이나 지운 편지지는 전체적으로 꺼멓고 지저분한 느낌이었다. 게다가 더 지저분해질 걸 알면서도 마지막 한 문장을 지우기로 했다.

'그러니까, 절대 무거운 아빠가 아니에요.' 하는 사족이다.

처음에는 이 편지 자체가 무거워지지지 않도록 마지막에 농담으로 쓸까—생각하고 덧붙였지만, 생각해 보니 만일 이것을 리호가 농담으로 받아들이지 않는다면 대놓고 하는 멍청한 짓이랄까, 오히려 무거운 아빠로 느껴질지도 모른다. 생각만 해도 오싹하다.

나는 지우개를 들었다.

"진짜로 못 쓰네. 초등학생이냐…."

내가 쓴 편지를 내가 욕하면서 사족을 박박 지웠다.

하지만 뭐, 됐어. 일단 솔직하게는 썼고….

문득 누군가에게 공감해 주길 바라는 마음이 들어서 불단 옆의 영정을 보았다. 사오리의 웃는 얼굴도 어딘지 모르게 '솔직하게 썼으니 됐잖아.'라고 말하는 것 같다.

영정 옆에는 달력이 걸려 있다.

나는 오늘이 수요일이란 걸 깨달았다.

지금 이 순간, 일본 여기저기에서 많은 사람이 '수요일 우체국' 앞으로 보낼 편지를 쓰고 있을 것이다.

오늘 밤의 나처럼, 편지지 한 장 한 장에 자기 마음을 투영하는 사람들….

그리고 그 많은 '생각'은 신기한 터널 너머로 배달된다.

다양한 인생이 있어서 좋다.

그리고 각자의 인생은 사랑스럽다.

터널 너머의 세상으로 다니게 된 뒤로 나는 그 사실을 알았다.

재주도 없고 마음도 지친 내 인생도, 너무 짧은 사오리의 인생도, 그리고 앞으로 많은 희로애락을 맛볼 리호의 인생도…, 어느 것이나 전부 진심으로 사랑스럽게 느껴졌다.

행복이란 어쩌면 그런 것일지도 모른다는 생각조차 들었다.

나는 텔레비전 옆에 있는 잡동사니가 든 서랍에서 새하얀 봉투를 한 장 꺼냈다.

그리고 겉에다,

'수요일의 편지, 아빠가'라고 썼다.

두 통의 편지 복사본과 지저분한 내 편지를 곱게 접어서 그 봉투에 넣었다.

봉투는 아침 일찍 리호 눈에 띄도록 언제나 리호가 앉는 식탁 위에 살짝 올려놓았다.

✦ ✦ ✦ ✦ ✦

다음 날 아침.

눈을 뜬 나는 이불 속에서 가만히 있었다.

방문 너머 거실 소리에 귀를 기울였다.

일찍 일어나서 2층에서 내려온 리호의 발소리가 거실에 들어가자마자 멈추었다.

식탁 위의 편지를 발견한 것이다.

삐걱, 삐걱, 삐걱… 하고, 리호의 걸음에 맞춰 거실의 낡은 송판이 울렸다.

가만히 의자를 끌어서 식탁에 앉는 소리.

그리고 한동안은 조용했지만, 희미하게 편지지를 넘기는 소리가 들렸다.

이윽고 리호는 의자에서 일어났다.

거실에서 나가 부엌에 가는 듯했다.

수도꼭지에서 물 흐르는 소리. 냄비나 그릇을 다루는 소리. 냉장고 문을 닫는 소리. 전자레인지 소리. 식탁과 도마가 부딪치는 소리.

다시 거실로 돌아와서 식탁에 앉는 소리가 났다.

나는 어두운 다다미방 이불 속에서 눈을 감았다.

17년 전, 산부인과 대기실에서 들은 리호의 건강한 울음소리가 귓속에서 메아리친다.

처음으로 뒤집기를 했을 때의 일.

아장아장 걷던 시절의 천진무구하게 웃는 얼굴.

'아빠', '엄마'라는 말을 처음 할 때의 귀여운 목소리.

유치원 교복을 입었을 때 기뻐하던 얼굴.

책가방을 메고 뛰어가던 작은 뒷모습.

말총머리가 트레이드마크가 된 것은 초등학교 4학년 때였다.

그 무렵까지는 가족의 기억 속에 언제나 사오리의 눈부시게 웃는 얼굴이 있었다.

엄마를 잃은 후의 리호는 그다지 즐거울 때가 아니어도 곧잘 웃었다.

아이 주제에, 아니 아이여서 언제나 웃고 있지 않으면 외로움에 짓눌릴 것 같았을 것이다.

탁….

부엌에서 냄비 뚜껑 닫는 소리가 났다.

리호는 지금 어떤 요리를 만들고 있을까.

나는 누운 채 눈을 떴다.

눈꼬리에서 귀를 타고 내린 물방울의 궤적을 잠옷 소매로 닦고, 이불에서 일어났다.

복도로 나와서 세면실로 갔다.

차가운 물로 세수하고 이를 닦고, 마음을 다잡고 거실로 들어갔다.

"안녕, 늦잠을 자 버렸네."

부엌에서 요리하던 리호의 등에 대고 말했다.

"안녕."

리호가 이쪽을 돌아보았다.

그다지 기분이 좋아 보이지는 않았다. 하지만 그리 나쁘지도 않은 것 같다.

식탁을 보았다. 내가 둔 편지는 없었다. 대신, 주먹밥 세 개가 놓여 있었다.

그걸 내려다보고 있는데 리호의 목소리가 들렸다.

"그거, 아침이야."

"오, 고마워."

"그리고 냄비에 된장국 끓여 놨어."

그렇게 말하고 냄비의 불을 껐다.

"너는 아침 먹었어?"

"응."

"뭐?"

"오므라이스."

"아…."

"전자레인지에 데워서 먹었어."

어젯밤 냉장고에 남겨둔 그 오므라이스다.

"그랬니."

"응…."

리호는 약간 어색한 듯한, 그러면서 어딘가 기쁜 듯한, 복잡한 표정이다. 오므라이스를 먹었을 때의 그 밝게 웃는 얼굴은 보여 주지 않았지만, 뭐, 오늘 아침에는 대화를 해 준 것만으로도 훌륭하다고 생각하기로 했다.

"나, 오늘 학교 당번이어서 좀 일찍 갈 거야. 도시락은 필요 없어."

그렇게 말하면서 교복 위의 앞치마를 벗었다. 교복 주머니에서 '수요일의 편지'가 얼굴을 내밀고 있다.

"알겠어."

나는 모르는 척하고 자연스럽게 대답했다.

"아, 서둘러야 하네."

벽시계를 본 리호는 타닥타닥 2층 자기 방과 세면실을 왔다 갔다 한 뒤 현관으로 향했다.

나는 언제나처럼 배웅하러 나갔다.

구두를 신은 리호는 약간 수줍어하면서 나를 보았다.

"그럼 다녀오겠습니다."

"리호."

"응?"

"오늘도 즐겁게."

리호는 조금 사이를 둔 뒤, "응." 하고 조그맣게 끄덕이더니 현관문을 열고 나갔다.

쾅, 하고 닫히는 문.

빠른 걸음으로 걸어가는 딸의 발소리가 문 너머에서 희미하게 들렸다.

나는 천천히 슬리퍼를 걸치고 밖으로 나왔다.

상쾌한 아침의 맑은 바람이 몸을 휘감았다.

아아, 오늘도 날씨가 좋다.

투명한 레몬색 빛 속으로 작아진 딸의 뒷모습을 묵묵히 지켜보았다.

기분 좋게 펄럭이는 교복 치마.

한 걸음 걸을 때마다 좌우로 흔들리는 까만 말총머리.

스마트폰을 보는 걸까, 리호는 줄곧 고개를 아래로 향하고 있다.

이윽고 모퉁이를 돌아 보이지 않게 됐다.

나는 우체통에서 신문을 꺼내 들고 집으로 돌아왔다.

목이 말라서 냉장고에서 야채 주스 팩을 꺼내 들고 식탁에 앉았다.

신문을 옆에 두고 야채 주스를 마셨다.

식탁에는 리호가 만들어 준 주먹밥 세 개가 놓인 접시가 있다. 모양도 가지런하게 만들어서 김으로 싼 주먹밥이다.

주스를 마신 나는 부엌에 서서 된장국을 그릇에 펐다. 하얀 김과 함께 나는 구수한 냄새에 배가 꼬르륵거렸다. 된장국 내용물은 두부와 미역과 파와 잘게 썬 감자였다.

"잘 먹겠습니다."

두 손을 가볍게 모은 뒤, 나는 젓가락을 들었다.

된장국을 마시자, 식도에서 빈 위 속으로 부드러운 온기가 떨어지는 것이 느껴졌다.

아, 맛있다아… 하고 속으로 중얼거렸을 때 문득 천장을 올려다보았다.

혼밥인데 높아 보이지 않았다.

그런가. 그런 건가. 아, 그렇구나….

혼잣말로 '후우' 하고 평온하게 숨을 내쉬었다.

주먹밥 접시를 싼 랩을 벗겼다.

오른쪽 구석 한 귀퉁이에 손이 닿았을 때, 부우, 하고 식탁 위의 스마트폰이 진동했다.

챗 메시지?

아침부터 뭐지?

약간 의아하게 생각하면서 스마트폰을 들었다.

보낸 상대를 확인하니 리호였다.

역시 아까 리호는 스마트폰을 치고 있었다.

나는 얼른 메시지를 읽었다.

첫 문장에는 이렇게 쓰여 있었다.

'오므라이스 맛있었어. 고마워.'

감사의 말 뒤에는 후회의 말이 이어졌다.

'냉장고에 고급 달걀이 있더라! 어제 저녁 집에서 먹었더라면 좋았을걸. 유감!'

화해를 바라는 건가, 대화 텐션이 높다.

읽고 있는데 메시지가 계속 들어왔다.

'수요일 우체국으로 온 편지 복사, 읽었어. 다양한 사람이 있구나, 하고 좀 감동했어.'

좀이냐. 나는 많이 감동했는데….

'아빠 편지도 좀 기뻤어. 고마워.'

다행이다. 그러나 역시 좀, 이냐.

뭐, 못 쓴 문장이지만 조금은 전해진 것 같다.

휴 하고 가슴을 쓸어내릴 때,

'근데 말이야…' 하는 접속사가 송신됐다.

다음에 어떤 말이 나올지 나는 조금 긴장됐다.

그런데 그 후로 한동안 리호에게서 메시지가 끊겼다.

어이, 거기서 멈추지 말라고.

스마트폰을 든 채 1분 가까이 기다렸을까.

혼자 초조해하던 나는 문득 생각했다.

어? 혹시 리호는 내 답장을 기다리는 걸까? 리호의 스마트폰에는 '읽음' 글씨가 보일 테고….

그러나 리호는 '근데 말이야…' 하고 보냈다. 그다음을 지금 입력하거나 지우고 있을지도 모른다.

일단 나는 '근데, 다음은?' 하고 입력해서 보내기를 누르려고 했다.

그 찰나, 손안의 스마트폰이 진동했다.

왔다.

'근데 말이야…' 다음은 역시 장문이었다.

아빠가 도쿄행을 권해서 기뻤지만, '리호는 언제든지 집에서 나가도 돼.' 하고 가볍게 떠미는 것 같아서 좀 쓸쓸한 기분이 들기도 하고 슬프기도 했어. 하지만 아빠 편지를 읽고 안 것은…, 아빠의 마음과는 전혀 다른 곳에서 나혼자 짜증을 냈구나, 하는 것이었어. 줄곧 못되게 굴어서 미안해.

뭐야. 갑자기 얌전하게 사과하지 말라고….

나는 좀 당황해서 답을 입력하려고 했다.

그러나 어젯밤 짧은 편지조차 두 시간이나 걸려 쓴 남자다.

지금 이 순간, 리호에게 해야 할 최적의 말이 떠오를 리 없다.

갈팡질팡 당황하던 나는 문득 이모티콘의 존재를 떠올렸다.

약간이라도 기분을 가볍게 해 줄 만한 딱 좋은 이모티콘이 있지 않은가….

나는 전에 리호가 가르쳐 준 귀여운 아기 고양이 캐릭터 이모티콘 중에서 쓸 만한 것을 하나 찾아냈다. 크고 작은 두 마리 고양이가 어깨동무하고 '사이좋다옹' 하고 즐거운 듯이 웃는 일러스트다.

잠깐만, 너무 장난스러운가, 생각하면서도 나는 그걸 보냈다.

그랬더니 바로 같은 캐릭터 시리즈 이모티콘이 돌아왔다.

아기 고양이가 감동해서 눈물이 그렁그렁한 일러스트였다.

그리고 리호는 메시지를 보냈다.

'나 말이야, 역시 도쿄에는 가지 않을 생각이야.'

내가 '엥?' 하는 이모티콘을 찾는 사이에 입력이 빠른 리호가 그다음을 보냈다.

'우선은 집에서 다닐 수 있는 센다이 근처에서 꿈으로 이어질 길은 없는지 찾아보려고 해.'

나는 가만히 그다음 말을 기다렸다.

약간 틈이 있고 나서, 메시지가 왔다.

'나, 아직 2학년이고 졸업까지는 시간도 있고, 꿈 같은 건 변

할지도 모르고, 역시 대학에 가고 싶어질지도 모르고.'

확실히 그것도 그렇다.

'앞으로는'

네 글자만의 짧은 말이 왔다.

그리고 리호는 이렇게 계속했다.

'아빠한테 상담할지도.'

나는 내용을 바라보며 조용히, 깊이, 숨을 들이마시고, 천천히 토했다.

그리고 두 마리 아기 고양이가 '예이~' 하고 하이파이브를 하는 이모티콘을 보냈다.

리호에게서 '잘 부탁해요!' 하고 하이파이브하는 스탬프가 왔다.

나는 '오케이!' 하고 엄지를 세우고 윙크하는 아기 고양이를 보냈다.

좋은 흐름이 됐다.

이모티콘은 정말로 편리하다.

그렇게 생각하고 있는데, 다시 리호가 말을 이었다.

'그리고'

그리고?

'아빠 편지, 좋았긴 한데'

한데?

'끝에 지웠잖아.'

어….

설마, 하고 나는 숨을 삼켰다.

'필압이 세서 지운 글씨가 희미하게 보였어.'

맙소사.

나는 '히이이익' 하고 아기 고양이가 머리를 감싼 이모티콘을 보냈다,

'이렇게 썰렁한 개그가 훤히 보이는 편지를 나이 먹을 만큼 먹은 딸한테 읽게 하다니.'

하다니….

뭐?

'아빠, 역시 무거워(웃음).'

나는 스마트폰을 들고 웃음을 터트렸다.

리호도 지금 히죽히죽 웃고 있을 게 분명하다.

나는 '헉…' 하는 이모티콘을 보냈다.

그러자 '추신' 두 글자가 날아왔다.

'오늘 저녁은 가자미조림 할 테니까, 일찍 오세요. 이제 역에 도착해서 전철 탐!'

가자미조림.

내가 가장 좋아하는 반찬.

지금까지 몇 번이고 만들어 준, 리호가 제일 잘하는 요리. 두 사람만의 소소한 '가족의 맛'이다.

내 속에서 그제야 답장할 말이 떠올랐다.

검지로 더듬더듬 이렇게 입력했다.

'고마워, 오늘도 즐겁게.'

보내기 버튼을 톡.

그리고 나는 시원한 바닷바람이라도 음미하듯이 천천히 심호흡을 했다.

이때, 나는 마음속으로 신기한 눈부심을 느꼈다. 그 캄캄한 터널을 빠져나온 듯한 기분이었다.

"자, 그럼…."

조그맣게 소리를 내며 주먹밥을 한 개 집어 들었다.

아직 은은하게 온기가 남아 있다.

나는 입을 크게 벌리고 삼각형 꼭지를 깨물었다.

주먹밥 속 내용물은 우설조림이다.

좋아하는 것을 씹으면서 나는 불단 옆 영정을 보았다.

사오리는 평소보다 부신 눈으로 '무거운 아빠'를 보고 쿡 웃는 것 같다.

정말, 웃기지.

속으로 중얼거렸더니 사오리의 눈이 부실 듯한 웃는 얼굴이 하늘하늘 흔들리며 번졌다.

4장

이무라 나오미의 식빵

옷으로 꽉 찬 박스의 산, 산, 산.

옷걸이에 걸린 옷들의 줄, 줄, 줄.

초등학교 체육관보다 넓어 보이는 이 창고는, 언제나 음산할 정도로 고요하고 어딘지 어두컴컴하다. 작은 창으로 하얀 아침 해가 들어와, 그 빛을 자세히 보면 무수한 먼지가 반짝반짝 춤을 추고 있다.

우리 아르바이트생(전부 5명)은 그 대량의 먼지를 마시지 않도록 일제히 일회용 마스크를 착용한다.

일은 그럭저럭 바쁘다. 하지만 내용은 단순하다. 인터넷 쇼핑몰에서 주문받은 옷을 창고에서 찾아내 포장하고 발송하는 것뿐. 물건에 따라서는 광고 전단을 넣기도 하지만, 뭘 하든 '단순노동'이다.

업무를 시작한 지 한 시간쯤 지났을 때, 드물게 상품관리부장이 나타났다. 이 높은 사람은 뚱뚱한 몸에 바코드 머리지만, 언제나 에비스(일본 칠복신 중 하나로 포근하게 웃는 얼굴이 특징—옮긴이)처럼 싱글벙글 웃고 있어서 사원이나 아르바이트생들에게 평판은 좋다. 이른바 '사랑받는 캐릭터'다. 그리고 그 부장 뒤에 내가 불편해하는—이랄까, 솔직히 엄청나게 싫어하는 연하의 상사(계장) 얼굴이 있었다.

"어이, 여러분. 잠깐 모여 봐요."

창고 입구에서 에비스 얼굴의 부장이 큰소리로 집합시켰다.

나를 포함한 아르바이트생들이 쪼르르 모였다. 모두들 마스크 위의 눈에 의아한 빛이 역력하다.

"이게 전원인가?"

부장이 말하자,

"예, 부장님. 다섯 명 전원 모였습니다."

엄청나게 싫어하는 계장이 별나게 씩씩하게 대답했다.

이 계장은 상사 앞에서만 자세가 바른 타입이다. 상사가 없을 때는 언제나 잘난 척 팔짱을 끼고, 게걸음으로 창고 안을 어슬렁거리고 다니면서 우리 아르바이트생 전원에게 꼬장꼬장

잔소리를 한다.

"여러분, 안녕하세요. 수고가 많습니다." 오늘 아침에도 싱글벙글 웃는 부장은 인사에 이어 좀 놀랄 만한 말을 했다. "실은 이 구마쿠라 군이 유감스럽게도 이번 달 부로 퇴사하게 됐습니다."

헐….

계장이 없어진다고?

나는 엉겁결에 마스크 아래로 히죽히죽 웃을 뻔했다. 필사적으로 참으면서 주위 아르바이트생들 모습을 보았다. 다들 눈을 동그랗게 뜨고 있지만, 낙담한 표정은 하나도 없다.

"구마쿠라 군은 오키나와의 미야코시마섬으로 이사 간다고 합니다. 그래서 다이빙 강사 일을 하면서… 어, 또 뭐 한다 그랬지?"

"지인의 사탕수수밭 일을 돕기로 했습니다."

"아, 그랬지. 사탕수수밭이었지."

"예."

"구마쿠라 군은 우수한 사원이어서 나도 잡고 싶었지만, 도저히 꿈을 포기할 수가 없다고 해서 말이죠."

"죄송합니다, 부장님."

계장이 예의 바르게 머리를 숙였다. 평소 거만한 모습으로는 상상도 할 수 없는 아부다.

"뭐, 그렇게 돼서 아르바이트생 여러분도 섭섭하겠지만, 이 달까지 이별을 아쉬워하며 구마쿠라 군과 함께 열심히 해 주세요."

마스크 아래로 "네." 하고 불투명한 목소리가 몇 개 들렸다. 나는 물론 입 다물고 있었다.

"구마쿠라 군은 뭐 인사할 말 있나?"

"아닙니다. 제 인사는 나중에 또."

"그래, 송별회 때 듣기로 할까."

"예."

송별회?

그런 모임에 누가 간다고?

나는 내 미간에 주름이 진 걸 깨닫고 얼른 힘을 풀었다. 저런 인간 때문에 미간에 잔주름 생기는 건 억울하다.

"그래서 말입니다, 나중에 구마쿠라 군 송별회를 열려고 하는데, 자세한 사항은 또 전달하겠습니다."

부장의 말에 누구 하나 '예'라고 대답하지도 않고, 끄덕이지도 않았다. 그래도 명랑한 부장은 아무것도 개의치 않는 얼굴로 말을 계속했다.

"이상입니다. 업무 중에 모이게 해서 미안합니다. 그러면 오늘 하루도 부디 실수 없는 발송 업무 부탁합니다."

거기까지 말하고 빙그레 웃더니 부장은 창고를 나갔다.

우리도 각자 자기 자리로 흩어졌다. 그때, 마침 옆에 걸어가
던 오동통한 20대 여자아이가 내 귓가에 속삭였다.

"구마쿠라 씨, 서른세 살의 유부남치고 과감한 전직을 하네
요."

"어, 저 사람 유부남이었어?"

"그렇대요. 나오미 씨, 몰랐어요?"

"몰랐어. 아니, 흥미도 없었고."

대답했을 때, 등에 얄미운 목소리가 날아들었다.

"어이, 거기. 붙어 있지 말고 얼른 일이나 해."

돌아보니 언제나처럼 팔짱을 끼고 턱을 내민 계장이 우리를
보며 인상을 쓰고 있었다.

부장이 가자마자 이렇다.

맙소사, 하고 눈짓을 나누고 우리는 작은 소리로 "그럼,"
"네."라는 말만 하고 커다란 선반 오른쪽과 왼쪽으로 갈라졌다.

◆ ◆ ◆ ◆ ◆

점심시간이 되어, 나는 산책 삼아 셀프서비스인 싼 커피숍까

지 걸어가서 혼자 가벼운 런치를 먹었다. 이 가게는 역에서 조금 떨어진 곳에 있어서 점심시간에도 별로 붐비지 않아서 좋다.

2인용 작은 테이블에서 좋아하는 샌드위치를 입 안 가득 씹고 있는데, 가방 속 스마트폰 진동이 울렸다. 전화였다. 뇌리에 사이가 어색해진 고등학교 시절 친구, 이오리의 얼굴이 떠올랐다.

그날…, 이오리네 집에서 비교적 가까운 고급 주택가 카페에서 나는 이오리의 은혜로운 인생을 질투하여 테라스석에 이오리를 덩그러니 남겨둔 채 어깨를 들썩거리며 귀가했다.

두근거리면서 스마트폰을 들었다. 그러나 전화 상대는 이오리가 아니라 사유리였다. 고교 시절, 이오리와 내가 소속한 연식 테니스부에서 부장을 했던 친구다.

입속의 샌드위치를 삼키고 나는 작은 소리로 전화를 받았다.

"여보세요."

"아, 나오미, 오랜만이야. 지금 통화해도 괜찮아?"

"응, 괜찮아. 커피숍이어서 목소리가 작지만."

"아, 미안."

"괜찮아. 그보다 사유리, 잘 지냈어?"

"응, 잘 지냈어, 나오미는?"

"나도 뭐 여전하지."

그리고 우리는 배려하는 상대일수록 길어지는 '의미 없는 서론'을 주고받았다.

"그래, 오늘은 어쩐 일이야, 갑자기?"

유감스럽게 이 본제를 묻기까지 일 분 이상은 걸린 것 같다.

"아, 그것 말인데 실은 있잖아. 어제, 테니스부의 하나에 선배에게 연락이 왔더라. 전 학년 합동 동창회를 하니까 우리 기수도 참석했으면 좋겠다고."

"전 학년, 합동으로?"

"그렇대. 뭔가 말이야, 기왕이면 대대적으로 하자고 선배들 대에서 으쌰으쌰 하는 분위기 같아."

"흐음."

한 기수 위의 선배들은 인원수도 많아서, 옛날부터 결속이 단단하다.

"다케치 선생님도 오시나 봐."

"어머, 반갑네."

다케치 선생님은 테니스부 고문이었던 사람이다.

당시에는 젊고 키가 크고 그럭저럭 잘생겨서 각 학년에 한 명 정도는 선생님을 짝사랑하는 아이가 있었던 게 생각난다. 솔직히 내 스트라이크 존에는 없었지만, 이오리는 아마….

"이오리, 꼭 올 것 같지 않니?"

사유리가 좀 장난스러운 목소리로 내 속을 대변했다.

"아하하. 그러게."

나는 복잡한 심경이 목소리에 드러나지 않도록 조심하면서 대답했다.

"이오리, 다케치 선생님 엄청나게 좋아했잖아."

"그렇지. 하지만 지금 이오리한테는 멋있는 남편이 있어서 무척 행복한 것 같더라."

나는 굳이 가볍게 제동을 걸었다.

그러나 사유리는 "그건 그렇지만." 하고, 오히려 액셀러레이터를 밟았다.

"이오리도 왜, 이런저런 고민이 많은 것 같지 않니?"

"응?"

그 이오리에게 고민?

나는 스마트폰을 귀에 댄 채, 고개를 갸웃거렸다.

"어? 나오미, 알지 않아?"

"뭘?"

"불임 치료, 근데…."

전혀 몰랐다.

잘생긴 부자와 신데렐라 결혼을 해서 좋아하는 일을 하고, 우아하게 사는 그 이오리가….

나는 그다음 얘기를 듣고 싶어서 가슴속에 따끔한 아픔을 느끼면서도 맞장구를 쳤다.

"아, 그 일. 응, 들었지."

"그렇지. 나오미, 이오리랑 친하니까."

"아하하. 뭐, 그렇지."

뺨에 경련을 일으키면서 조그맣게 웃었다.

"이오리가 치료를 시작한 지 벌써 2년째네."

"아, 그러게…."

"남편이 강아지를 입양해 왔을 때, 실은 엄청나게 충격이었던 것 같지 않니?"

"…그런 것, 같았어."

내 속에 군림한 이오리의 우아하게 웃는 얼굴…, 그것이 표면에서 파삭파삭 소리를 내며 벗겨져 떨어진다.

"이오리는 가끔 우리 아이 사진을 보내 달라고 해."

"아, 알아."

내 입은 감정과는 무관하게 계속 거짓말을 하고 있었다.

"많이 컸겠다, 하면서."

"응."

"하지만 보내는 쪽은 좀 신경이 쓰인다고 할까."

"맞아, 그렇지."

"이오리는 어떤 기분으로 우리 아이 사진을 볼까, 생각하면 말이야. 하아⋯."

조그맣게 한숨을 쉬는 사유리 목소리에 가시는 느껴지지 않았다. 순수하게 이오리를 걱정하는 것이다.

"뭐, 하지만 이오리는 말이야, 희귀할 정도로 순수한 아이잖아. 남을 질투하는 타입은 아니지 않니?"

이오리를 질투하던 내가 웬지 편을 들어 주고 있다.

"그래, 그래. 그걸 아니까 나도 사진을 보내지만."

"순수하게 너희 아이의 성장을 보고 흐뭇해하고 있을 거야."

"옛날부터 그런 아이였지."

"그러게."

"뭔가 말이야, 언제나 생글생글 웃는 이오리를 보고 있으면, 이제 제발 불임 치료 성공했으면 좋겠다 싶어."

"정말, 나도 동감."

끄덕이는 내 위 언저리에는 좀 기분 나쁜 열이 났다. 만약 지금 탄식하면 토해 낸 입김 성분에 독소가 섞여 있을 것 같다.

나와 사유리 사이에 작은 침묵이 생겼다. 커피숍의 BGM이 조용한 재즈에서 오래된 미국 팝송으로 바뀌었다.

그러자 음악에 맞춘 듯이 사유리도 화제를 바꾸었다.

"아, 참. 중요한 사실을 전해야지."

"중요한 것?"

"동창회 날짜와 장소 말인데."

"아, 응."

우리는 그러고도 15분 정도 더 수다를 떨었다.

동창회와 고교 시절 추억 이야기가 절반, 서로의 근황 보고가 절반. 이오리 얘기는 더 나오지 않았다.

사유리와 통화를 마친 나는 스마트폰을 가방에 넣고, 먹던 샌드위치를 내려다보았다. 빵이 조금 말랐네, 생각하면서도 뇌리에는 이오리의 쓸쓸한 미소가 스쳤다.

그날…, 세련된 카페에서 이오리를 두고 왔을 때, 나는 내가 자유롭지 못한 것을 아들들 탓으로 했다.

늘 아이 일정을 우선해야 하는 '엄마'의 기분 따위, 이오리가 알 리 없잖아?

직구로는 말하지 않았지만, 그 마음은 정확히 전해졌을 터다.

나는 샌드위치를 손에 들었다.

빵 표면은 완전히 말라서 바삭거렸다.

"후유…."

한숨이 새어 나왔다.

이 한숨은 좋아하는 샌드위치가 말라 버린 탓이야…, 라고 내게 말했더니 한층 깊은 한숨이 새어 나왔다.

♦ ♦ ♦ ♦ ♦

저녁 무렵, 아르바이트 일을 마치고 돌아와서 현관 우편함을 체크했다. 몇 통의 광고에 섞여 편지 한 통이 들어 있었다.

받는 사람은 내 이름이었다.

누구한테 온 거지?

봉투를 뒤집어 보고 깜짝 놀랐다.

까맣게 잊고 있던 수요일 우체국에서였다.

"정말로, 오는구나….."

당연한 말을 중얼거리면서 나는 아무도 없는 집으로 들어갔다. 평소라면 사람 없는 현관에서 '다녀왔습니다.'라고 할 텐데, 오늘은 그것도 잊고 신발을 벗었다.

거실 테이블까지 와서 가방을 옆 의자에 툭 내려놓고 벽시계를 올려다보았다. 아직 괜찮다. 남편은 잔업이 있고 아들들은 동아리와 학원으로 귀가가 늦다.

평소 같으면 얼른 저녁 준비를 했을 테지만….

나는 수요일 우체국에서 온 편지 봉투를 가위로 깨끗하게 개봉했다.

접힌 편지지를 꺼내서 펼쳐 보았다. 편지지는 세 장. 아주 긴 편지 같다.

어디 사는 누군지 모르는 사람의 편지.

묘한 느낌과 심장의 고동을 느끼고 나는 심호흡을 했다. 그리고 세 장 포개진 편지에 시선을 떨어뜨렸다.

처음에 확인한 것은 보낸 사람 이름이었다.

거기에는 '히로키'라고 쓰여 있었다.

나이는 33세.

나보다 일곱 살 아래라면 그 계장과 동갑이지 않은가.

제일 싫어하는 사람과 동갑인 것만으로 조금 색안경을 끼는 나를 한심하게 생각하며 본문을 읽어 나갔다. 그랬더니 첫 줄부터 내 심장을 쿵쾅거리게 했다.

저는 그림책 작가를 꿈꾸면서 회사를 그만두지 못하는 샐러리맨입니다.

그렇게 쓰여 있었다.

나는 바로 이어지는 문장을 읽었다.

지금은 수요일 밤으로 술을 마시고 있습니다. 밖에서는 같은 빌라 1층 주민이 정원에 조그마한 구멍을 파서 키우던 고양이 묘를 만들고 있습니다. 그 모습을 보고 있으니,

문득 '죽음'에 관해 생각하게 됐습니다. 동시에 '생'에 관해서도. 단 한 번뿐인 인생, 죽을 때 후회하지 않기 위해서는 어떻게 하면 좋을까, 하고.

글이 진행되면 될수록 말과 글씨는 기세를 더해 갔다. 그리고 흐트러져 갔다. 잘못 쓴 부분은 볼펜으로 뭉개서 지웠다. 거의 '휘갈겨' 썼다.

이 편지를 쓴 히로키 씨는 도저히 회사를 그만둘 용기를 내지 못하는 사람이었다. 용기를 내지 못하는 이유를 '약혼자가 있어서'라고, 자기 자신에게 말하고 있었다. 겁쟁이인 것을 인정하고 싶지 않아서 약혼자의 존재를 핑계 삼고 있다.

게다가 난감하게도 프리 일러스트레이터인 친구를 질투하고 있다.

'그런 자신이 싫어서 견딜 수 없습니다.'

거기까지 읽고 나는 또다시 심호흡했다.

꿈을 포기하고 일상을 푸념하고 일이 순조롭지 않은 것을 타인 탓으로 돌리고, 친구를 질투하는 자신을 싫어한다.

이거야말로 그대로….

내 얘기잖아.

그렇게 생각하니 뭔가 내가 책망 받는 기분이 들어서 약간 가슴속이 꺼끌거렸다. 편지 다음 글을 읽는 것도 좀 두려워졌다. 한편으로는 이런 편지를 쓴 히로키 씨라는 사람에게 뭐라 표현할 수 없는 친근감도 느꼈다.

나는 무서운 것이라도 본 것 같은 기분과 친근감에 힘을 얻어 다음을 계속 읽었다.

고민하는 히로키 씨는 어느 날 여자 친구가 아무렇지 않게 한 말에 마음이 동요하기 시작했다고 한다.

'자기 마음에 귀를 기울이고 그 감정에 솔직하게 살아가면 죽을 때도 개운한 기분일 수 있을 거야.'

그리고 질투하는 일러스트레이터 친구의 말도 아프리만큼 가슴을 찔렀다고 쓰여 있다.

'기껏 세상에 태어났는데 놀지 않으면 손해라고 생각해. 하고 싶지 않은 일만 하는 사이에 인생이 끝나다니, 너무 싫지 않냐?'

과연, 이해돼….

어느 쪽의 말도 읽고 있는 내 가슴에까지 울려 왔다. 분명히 히로키 씨와 나는 비슷한 사람일 것이다. 이렇게까지 똑같은 느낌을 지금 이 순간 다른 어딘가에서 맛보면서 살고 있다니. 히로키 씨가 쓴 편지가 우연히 내 손에 도착했다니.

생각하니, 기적조차도 믿고 싶어진다.

문득 정신을 차리고 보니 나는 한 번도 만난 적 없는 일곱 살 아래의 이 남성에게 약간 신기한 호감을 품고 있었다. 동시에, 이오리의 '유유상종'을 떠올렸다.

히로키 씨는 어떤 사람일까?

나이는 같은데 그 계장과 완전히 다르네….

쓸데없는 생각까지 하고 있다.

세 장째 편지지 마지막에는 이렇게 쓰여 있었다.

이제 도망가지 않습니다. 저는 제 마음에 거짓말을 하고 싶지 않습니다. 그림책 작가가 되기 위해, 용기 내어 오늘이라는 수요일에서 한 걸음 나아가겠습니다. 단 한 번뿐인 인생, 죽을 때 후회하지 않기 위해.

히로키 씨의 강한 결의….

내 가슴을 노크하는 듯한 문장이 끝났다. 그러나 빈 곳에는 사방 5센티미터 정도 선으로 그린 그림이 있었다.

그것은 장난스럽게 쓱쓱 그린 것처럼 보이지만, 자세히 보면 어딘가 깊은 맛도 느껴지는 등대 그림이었다.

아아, 끝났다….

나는 가볍게 한숨을 쉬고 한 번 더 세 장의 편지지를 휘리릭 넘겨보았다.

꾹꾹 채워진 힘이 강한 글씨들.

기세 넘치는 문장.

그리고 등대 그림.

손에 든 편지지 행간에서 '미래'를 품은 시원한 바닷바람이 스윽 불어와서 내 가슴속을 지나가는 기분이었다.

편지지를 테이블에 가만히 내려놓았다.

내 양팔에는 소름이 돋았다.

히로키 씨에게 답장을 쓰고 싶다. 나를 무척 닮은 이 사람에게 '파이팅'이라고 응원의 메시지를 보내고 싶다.

간절하게 생각했더니 팔에 돋은 소름이 등에까지 번졌다.

그러나 수요일 우체국은 도착한 편지를 무작위로 섞어서 교환하는 시스템이다. 설령 내가 수요일 우체국 앞으로 답장을 쓴다 해도 그것이 히로키 씨에게 도착한다는 보장은 없다.

그렇다면….

나는 의자에서 허리를 조금 폈다.

지금 이 순간, 편지지에서 내 가슴속으로 불어온 바람을 나를 응원하는 바람으로 받아들이자. 이 편지는 우연히 내게로 왔다. 비슷한 사람끼리 공교롭게 이어진 것이다. 솔직히 신이 있는지 어떤지는 모르겠다. 하지만, 만약에 있다면, 이것은 분명히 그의 지휘이고 그의 메시지이지 않을까….

그렇게 내 맘대로 해석하고 있을 때, 약간 괜찮은 아이디어가 떠올랐다.

시계를 보았다.

저녁은….

"아직 괜찮아."

혼잣말을 하며 노트북을 테이블로 갖고 와서 인터넷에 접속했다.

검색창에 글씨를 입력한다.

가까운 곳에 있는 제빵 교실….

"로 검색…하면."

클릭과 거의 동시에 표시된 검색 결과를 보고 나도 모르게 감탄의 소리가 흘러나왔다.

"이렇게, 많구나…."

컴퓨터 화면에는 주변 지도와 몇 개의 제빵 교실 정보가 열거됐다. 집 혹은 회사에서 가볍게 다닐 만한 위치에 적어도 여섯 군데는 있다.

위에서 차례대로 홈페이지를 열람해 보았다. 본격적으로 빵 굽기를 배울 수 있는 전문학교에서 주말 교실, 또는 자기가 만들고 싶은 빵 수업이 있는 날에만 가는 이른바 1일 체험 교실

같은 것도 있었다.

제빵 교실에 참가한 사람들의 '리뷰' 페이지를 읽어 보니 밝은 얼굴의 사진과 즐거운 체험담이 넘쳐났다. 보는 사람의 뺨까지 흐물거린다.

'이 교실에 다니면서 취미가 같은 친구가 생겼어요!'라고 쓴 사람도 있었다.

"즐거워 보이네…."

조그맣게 혼잣말로 중얼거리면서 나는 화면에 이마가 닿을 정도로 몸을 앞으로 구부렸다.

제빵 교실에 다니면…, 어쩌면 내게도 '유유상종'이 생길지 모른다. 이오리가 '있다'고 한, 나와 닮은 사람과의 만남이 기다리고 있을지도 모른다.

나는 컴퓨터 화면에서 시선을 떼고, 벽시계보다 더 위쪽을 멍하니 올려다보았다.

그리고 생각에, 생각을 했다.

고등학교 시절에 꿈꾸었던 빵가게.

지금 내가 제빵 교실에 다니면 똑같은 일상의 반복인 이 권태로운 날들에 새로운 바람이 불어올지도 모른다. 주말 코스라면 괜찮다. 아르바이트를 하면서도 할 수 있을 터다. 빵을 굽는 일은 즐겁다는 걸 알고 있다. 내가 구운 빵을 누군가가 먹어 주고, 맛있다고 기뻐해 주면 더욱 즐겁다.

제빵 교실에 꾸준히 다니는 동안 실력이 향상되어, 그 빵을 조금씩이라도 팔 수 있게 된다면…, 빵 만들기는 나의 '부업'이 될 것이다. 자전거조업을 하는 남편 회사에 만약의 일이 생기지 않을 거라고 단정할 수 없다. 그때 나의 '부업'은 생활에 도움이 되면 됐지, 발을 거는 일은 없을 터다.

더욱이 남편도 아이들도 날마다 우울한 나보다 생기발랄한 나와 사는 편이 좋을 게 당연하다. 아마도 지금보다 가정이 밝아질 것이다.

즐기면서 제빵을 배워서 조금씩이라도 팔기 시작하여, 언젠가 제대로 꿈을 이루자.

단 한 번뿐인 나의 인생에서.

히로키 씨처럼 죽을 때 후회하지 않기 위해.

나는 히로키 씨의 편지를 접어서 봉투에 다시 넣었다.

노트북도 닫았다.

"휴우."

결의 같은 숨을 토하고 의자에서 일어섰다.

좋아. 저녁을 할까.

오늘 저녁은 대충 해먹자.

그렇게 생각하면서 나는 냉장고를 열고 안의 식재료와 눈싸

움을 했다.

✦ ✦ ✦ ✦ ✦

다음날은 토요일이었다.

아이들 학교는 휴일이지만, 나는 언제나처럼 일찍 일어나서 아침 식사 준비를 했다. 남편이 휴일을 반납하고 공장에 출근하기 때문이다.

"새벽에 줄곧 위가 쿡쿡거리고 아팠어. 미안하지만, 아침은 죽을 끓여 줄래?"

까치집 지은 머리를 안테나처럼 세운 남편이 잠옷 위로 배를 문지르며 그렇게 말했다.

"상태가 그런데 일 쉬면 안 돼?"

내가 묻는 것도 당연할 것이다.

"납기가 아슬아슬한 일이 있어서 말이야. 직원들이 몇 명 출근해 준대. 그러니까 얼굴이라도 비춰야지."

명치를 누르며 눈썹을 여덟팔자로 하고 쓸쓸하게 웃는 남편.

"얼굴을 비추기만 하는 임원은 있으나마나 마찬가지 아냐?"

말하면서 내 뇌리에는 단순히 회사의 장식품 같은 시부모 얼굴이 떠올랐다.

"설마, 당연히 나도 같이 일하지. 임원이 옆에서 열심히 기계를 돌리면 말이야, 직원들도 이해한 얼굴로 일해 준다고."

"그런가…."

"임원이 솔선해서 노력하는 등을 보여야 해."

"그렇다면, 뭐 어쨌든 너무 무리하지 마."

"안 해. 머리 아픈 건 질색이니."

말하면서 배를 문지르는 남편.

이 사람은 나와 달리 옛날부터 꾀를 부리지 않는 타입이다. 옛 친구나 회사 사람들에게도 '사람 좋은' 것으로 낙인이 찍혔다.

나는 만들던 달걀말이와 피자 토스트를 버려두고, 냄비에다 어제 저녁에 남은 밥을 넣고 죽을 끓였다.

이윽고 죽 2인분과 우메보시와 된장국을 식탁에 차렸다.

나도 남편 맞은편에 앉았다.

남편은 "잘 먹겠습니다." 하고 조금 잠긴 목소리로 말하고 뭔가 엄청나게 맛없는 것을 먹는 것처럼 미간에 주름을 만들면서 수저를 입으로 갖고 갔다. 위 상태가 어지간히 나쁜 모양이다. 내가 "억지로 먹지 마", "약 먹어."라고 말해 봐야 의미 없는 건 알고 있다. 어쨌든 남편은 아침을 먹지 않으면 힘이 나지 않는다고 고집스럽게 믿는 데다 약과 주사와 병원을 제일 싫어

한다. 그래도 되도록 가까운 시일에 병원에 데리고 가야겠다고 생각한다. 아무리 싫어해도.

"저기."

나는 테이블 너머로 말을 걸었다.

"응?" 하고 얼굴을 드는 남편은 멋대로 내 생각을 넘겨짚고 "아니, 맛없어서 그런 거 아냐. 그냥 위가 아플 뿐." 하고 말했다. 자기도 맛없어 보이는 얼굴로 먹고 있다는 걸 알긴 아는 것 같다.

"그게 아냐. 저기…."

나는 테이블 구석에 놓인 히로키 씨의 편지를 흘끗 보고, 말을 이었다.

"나 있지, 제빵 교실에 빵 배우러 다니고 싶은데."

"헐…, 뭐야, 갑자기."

남편은 된장국 그릇을 든 채 눈썹을 올렸다.

"매주 일요일이나 휴일에만 가도 되니까, 다녀 보고 싶어서."

"그러니까, 왜?"

"왜라니…."

"이유 정도 있을 거 아냐?"

약간 언짢은 듯한 눈으로 물어서 나는 크게 숨을 들이마셨다. 그리고 단숨에 말했다.

"원래 빵가게 주인이 되는 게 내 꿈이었어."

"뭐, 꿈?"

"응, 맞아."

"그거 처음 듣는 얘기네."

"처음 말했으니까."

"……."

남편은 의외라는 얼굴로 묵묵히 있었다.

"그래서는 아니지만, 어제 인터넷으로 제빵 교실에 관해 검색해 봤거든. 그랬더니 근처에 몇 군데 있더라고. 학생들도 무척 즐거워 보이고. 나 결혼해서 줄곧 취미가 없었잖아. 뭔가 즐기면서 배울 수 있는 것을 하고 싶어졌어."

"저기…."

"미안. 끝까지 들어줄래?"

나는 남편의 눈을 똑바로 보고 제지했다.

남편은 벌리려던 입을 다물었다.

"……."

"일단은 휴일에만 수업을 들으러 다닐까 싶어. 맛있는 빵을 구우면 가족들도 기뻐할 테고, 가족들이 기뻐하면 나도 기쁠 거잖아? 게다가 장래에 그 빵이 조금이라도 팔리면 가계에 도움이 되겠지? 고작 용돈벌이 정도일지도 모르지만, 돈은 없는 것보다 낫잖아?"

"그 말은⋯."

여기까지 잠자코 듣고 있던 남편이 머뭇머뭇 입을 열었다.
"나오미는 제빵사를 꿈꾸는 거야?"

"뭐, 그렇게 된다면 행운이겠지. 모든 것을 투자해서 프로를
꿈꾼다는 건 아니고."

남편은 여전히 의외라는 얼굴로 나를 보고 있었다.

"그런 계획인데 안 될까?"

"으음⋯."

남편은 팔짱을 꼈다. 하지만 머리에 안테나를 세운 잠옷 차
림이 좀 바보 같아 보여서 웃음이 났다. 남편이 고개를 갸웃거
리면서 말했다.

"당신, 최근 무슨 일 있었어?"

"응?"

무슨 일이라니.

순간, 이오리 얼굴이 떠올랐다. 그리고 테이블 위의 봉투가
눈에 들어왔다.

"아, 이거."

나는 히로키 씨한테 온 편지를 남편 앞에 내밀었다.

"뭐야, 이거?"

"수요일 우체국이란 서비스인데, 알아?"

"수요일… 우체국?"

"응."

"모르는데."

"그렇구나."

"뭐야, 그게?"

"음, 간단히 말하면 말이야. 수요일에 있었던 자기 이야기를 편지에 써서 수요일 우체국에 보내면, 그곳 직원이 전국 각지에서 모인 편지를 섞어서 무작위로 다른 사람에게 보내 주는 서비스."

남편은 까치집 지은 머리로 잠시 생각하더니,

"그래서?"라고 했다.

"그래서, 나도 그곳에 편지를 보내 봤어."

"……"

"이 봉투는 수요일 우체국에서 내 앞으로 보내 준 편지야."

"오호."

남편은 수요일 우체국 시스템을 이해했는지, 흥미로운 듯이 봉투를 손에 들었다. 그리고 다시 "그래서?"라고 했다.

"그걸 쓴 사람 말이야, 그림책 작가가 되고 싶었지만, 포기한 채 샐러리맨을 하고 있는데, 드디어 용기를 내어…"

"앗, 스톱, 스톱."

갑자기 두 손을 앞으로 내밀며 남편이 내 말을 가로 막았다.

"스톱?"

"설명 도중에 미안한데 말이야, 생각해 보니 지금 한가하게 듣고 있을 시간이 없네. 회사에 늦어." 남편은 벽시계를 올려다 보며 말했다. "일단, 이 편지, 갖고 가도 돼?"

"뭐, 되지만."

"나중에 회사에서 읽어 볼게."

그렇게 말하고 남편은 왼손으로 명치를 문지르고는 봉투를 테이블에 내려놓고 된장국을 조금씩 마셨다.

나는 목까지 끓어오르는 엄청난 한숨을 꾹 삼켰다.

어쩌면 지금 이 사람은 나의 이런 이야기를 듣기만 해도 상당한 스트레스를 느끼지 않을까. 그렇게 생각하니 등골에서 힘이 쭉 빠지는 것 같아서 의자 등받이에 몸을 맡겼다. 그리고 텔레비전을 켜고, 뉴스와 날씨 예보가 흐르는 화면을 멍하니 보았다.

이윽고 남편은 "잘 먹었어." 하고 의자에서 일어났다. 된장국은 다 먹었지만, 죽은 그릇 바닥에 조금 남아 있었다.

"그러면 이것 빌려 갈게."

히로키 씨의 편지를 든 남편은 위통 탓인지 등을 구부리면서 "옷 갈아입고 올게." 하고 거실을 나갔다.

✦ ✦ ✦ ✦ ✦

정오가 가까워지자, 아들들이 차례로 일어나서 나왔다.

둘 다 "배고파." 하고 투덜거려서 나는 얼른 야키우동을 만들어서 차려 주었다. 한창 자랄 나이의 남자아이들은 육식 동물을 연상시키는 박력을 뽐내며 야키우동을 싹싹 먹어 치웠다. 그리고 집에서 나갔다. 각각 학교 친구들과 놀기로 약속했다고 한다.

멍하니 혼자 남은 나는 기분이 가라앉기 전에 노트북을 켜고 인터넷에서 맛있는 빵 레시피를 검색해 보았다.

"모처럼 빵을 만들어 볼까나."

혼잣말도 굳이 밝은 목소리로 중얼거렸다.

수많은 레시피 중에서 가장 친절한 레시피 설명이 있는 홈페이지를 열어서 빵 만드는 데 필요한 재료를 체크했다.

식빵을 한 번에 두 장 구울 수 있는 팬은 결혼할 때 친정에서 갖고 와서 지금도 주방 선반 한구석에 있을 터다.

"자, 집에, 없, 는, 것, 은."

식빵용 강력분, 무염 버터, 드라이이스트….

209

온통 부족한 것뿐이어서 재료를 스마트폰에 메모하고, 노트북을 껐다. 그리고 "좋았어." 하고 소리 내어 일어서서 주위에 있는 옷으로 갈아입고 가볍게 화장을 했다. 동네 대형 슈퍼에서 장을 보는 것이다.

오늘은 날씨도 나쁘지 않다.

장도 볼 겸 자전거 타고 한 바퀴 돌면 기분도 좋아질 것이다.

기왕 나가는 길에 실컷 심호흡을 하고 오자.

나는 현관을 나와서 약간 녹이 슨 자전거를 탔다.

그러나 집 앞의 좁은 골목길로 타고 나가서 첫 번째 모퉁이를 돌려고 하다, 아차 했다. 지갑 넣은 가방을 현관에 두고 온 것이다.

아아, 젠장….

멍청한 자신에게 한숨을 쉬면서 U턴할 때, 주택가 위에 펼쳐진 너무나 푸른 하늘이 텅 빈 내 가슴에 스며들었다. 자전거를 탄 채, 나는 심호흡을 했다. 파란 하늘과 이어졌을 공기를 들이마시고 내뱉었다.

그것을 두 번 반복했다.

집을 향해 자전거 페달을 밟았다.

나올 때보다 페달은 훨씬 무거웠다.

◆ ◆ ◆ ◆ ◆

장을 봐 와서까지 만든 식빵은 상상 이상으로 맛있게 구워
졌다.

촉촉하고 쫀득쫀득한 식빵….

이라고 레시피에 쓰인 대로의 식감으로 갓 구운 빵을 뜯어서
입에 넣었을 때는 나도 모르게 "우왓, 맛있어!" 하고 소리를 지
를 뻔했다.

이내 뇌리에는 이 빵을 먹고 기뻐할 남편과 아들들 얼굴이
떠올랐다.

이어서 떠오른 것은 이오리 얼굴이었다.

고등학생 때, 엄마와 같이 구운 빵을 학교에 갖고 가서 이오
리, 사유리와 함께 옥상에서 먹었는데….

마음이 과거로 날아가자, 그 시절, 학교 옥상에서 바라보던
동네 풍경과 교복 소매로 들어오던 살랑살랑한 바람의 감촉,
그리고 이유도 없이 들떴던 우리의 환호성이 되살아나 갑자기
아련한 감상에 빠질 것 같았다.

빵을 만드는 일은 그 시절과 다름없이 즐거웠다.

먹는 것도 물론 행복하다.

하지만 역시 누군가가 "맛있어!" 하고 기뻐해 주고 웃는 얼

굴을 보는 것이야말로 진짜 충실감을 느끼게 한다. 그 사실을 새삼 깨달았다.

그때, 귓속에서 이오리 목소리가 재생됐다.

--먼저 말이야, 가족이나 대하기 불편한 시부모님부터 애써 기쁘게 해 주면 어떨까?

고급스러운 바람이 불던 그 카페 테라스에서 이오리는 내게 그런 고상한 조언을 해 주었다.

나는 갓 구운 식빵을 내려다보았다.

가족의 몫은 내가 조금 뜯어먹었지만, 거의 한 덩어리가 또 있다.

나머지 한 덩어리를 시부모에게 갖다 주면….

오늘은 토요일이어서 시어머니는 분명히 같은 부지에 있는 넓은 안채에서 쉬고 있을 것이다.

이오리 말대로 이 빵으로 시부모와의 관계를 조금이라도 나아지게 할 가능성이 있다면 시도해 볼 만하다.

식빵은 또 구우면 되고, 재료도 넉넉히 사 왔고.

그렇게 스스로 세뇌한 나는 식빵 한 덩어리를 비닐에 담아, 슬리퍼를 끌고 밖으로 나왔다.

그대로 부지를 터벅터벅 걸어서 안채 현관 앞에 섰다.

거기서 심호흡을 한 번.

나는 초인종을 눌렀다.

"예, 예."

문 너머에서 시어머니 발소리가 들렸다.

"쉬시는데 죄송해요. 나오미예요."

무의식중에 나는 목소리를 가다듬었다.

안에서 잠금쇠를 벗기고 문을 열었다.

"어머나, 나오미, 어쩐 일이야?"

시어머니는 연극을 하는 것처럼 눈을 동그랗게 떠 보였다.

"아, 저기…. 방금 식빵을 구워 봤는데 괜찮으시면, 한번 드셔 보시라고."

나는 현관 문턱을 넘고 들어가서 따끈따끈한 빵을 두 손으로 내밀었다.

시어머니는 문턱보다 한 칸 위에 있으니까, 뭔가 '갖다 바치는' 형태가 됐다.

"이걸 우리한테?"

"네."

그러자 시어머니는 "네가 빵을 구울 줄 아는지 몰랐네. 대단하구나. 잘 먹을게." 하고 봉지를 받아들었다.

그리고 "정말 고맙다." 하고 미소 지어 주었다.

시어머니가 웃는 얼굴로 받아 주어서 그때까지 꽁꽁 묶여 있던 마음의 끈이 조금 느슨해진 나는 "아뇨. 레시피가 간단해서요." 하고 우러나는 미소로 답할 수 있었다.

그러나, 다음 순간.

시어머니는 언제나처럼 미간을 찡그렸다.

"아, 그러고 보니, 나오미."

"네…."

이 시점에서 이미 나는 불길한 예감이 들었다.

"그 애, 오늘도 출근했냐?"

그 애는 물론 남편을 말한다.

"아, 네…."

"왜?"

"네?"

"그러니까 휴일인데 왜 출근했냐고."

시어머니 목소리에 작은 가시가 돋기 시작했다.

"어어, 저는 잘 모르지만…, 오늘은 직원들이 휴일에도 출근해서 일을 하니까 자기도 가 봐야 한다고."

묻는 말에 대답하는데 시어머니는 "그렇잖니?" 하고 말을 끊었다.

“어…, 아, 네.”

“요즘 그 애, 몸이 좀 안 좋아 보이지 않니?”

여기서 ‘보여요.’라고 대답할지, ‘딱히 그런 건 없던데요.’라고 대답할지로 이 자리 분위기가 백팔십도 바뀔 것이다. 아니, 어느 쪽을 선택하든 험악해질 패턴인가….

내 마음은 시어머니가 내뱉는 가시에서 몸을 지키려고 이미 조개껍데기 속에 웅크리고 있었다. 그래서 바로는 대답하지 않았다. 그러자 시어머니는 노골적으로 어이없다는 표정을 지었다.

“나오미, 모르는구나, 그 애 상태를.”

“저어….”

“그 애, 착한 구석이 있어서 너나 아이들에게는 걱정 끼치지 않으려고 집에서는 건강한 척하는지도 몰라.”

나는 머뭇머뭇 입을 열었다.

“저기, 오늘 아침에는, 위가 아프다고 했어요.”

“말했어?”

“네….”

“역시 말했구나.”

“……”

초조함이 비치는 표정으로 시어머니는 현관 문턱 위에서 이쪽을 내려다보았다.

나는 계속 눈을 마주치고 있을 수가 없어서 시어머니 오른
손에서 달랑거리는 편의점 봉지로 시선을 떨어뜨렸다.

"병원에는?"

"아직 가지 않았습니다."

"왜?"

어차피 내가 가라고 해도 남편은 병원을 싫어해서 가지 않
을 거예요…, 라고 말할 분위기가 아니다.

"죄송합니다…."

나는 식빵을 향해 사과했다.

"어제 회사에서, 아버지가 그 애한테 말했어. 내일 일은 직원
들한테 맡기면 된다고."

"아…."

"요즘 피곤해 보이니 좀 쉬라고 말했다고. 그랬는데도."

시어머니는 보란 듯이 한숨을 쉬었다.

또, 내 탓?

한숨을 쉬고 싶은 것은 내 쪽이라고요.

웃기지 말라고, 할망구.

시어머니에게는 들리지 않도록 나는 조개껍데기 속에서 중
얼거렸다.

시부모님이 자기 아들 건강을 걱정하는 마음을 모르는 것도 아니다. 나 역시 내 아들들이 날마다 녹초가 되어, 그것도 위통을 참고 있으면 걱정할 테고, 병원 가라고 잔소리할 것이다.

"저기…, 오늘 아버님은."

나는 문득 궁금해서 물어보았다.

"마작한다고 아까 나갔다만."

"아, 그러세요. 아버님도 일로 가셨어요?"

그러니까 거래처 접대 마작인가요, 하고 물은 것이다. 골프는 좋아하지 않고 마작을 좋아하는 시아버지는 종종 마작으로 클라이언트를 접대한다고 남편에게 들은 적이 있어서다.

그러나 시어머니는 고개를 가로저었다.

"아니다. 친구하고 놀려고 마작하러 간 거야."

시어머니는 '놀려고'라는 부분을 강조해서 말했다.

나는 시어머니의 그 말에 심한 위화감을 느꼈다.

놀려고? 자기 회사가 한계까지 기울어진 이때? 게다가 몸도 좋지 않은 아들이 무리해서 일하는 걸 알고 있으면서? 아니, 당신들 사장과 전무잖아? 아니, 그전에 남편의 아버지와 엄마잖아?

"그 애도 좀 놀면 좋을 텐데 말이다. 옛날부터 그렇다니까. 너무 고지식하다고 해야 하나."

시어머니는 또 남편 얘기를 꺼냈다.

"……."

"뭔가를 시작하면 그 생각만 하고, 다른 걸 같이 하질 못하는 애야. 착하긴 하지만, 미련하지 않냐."

"……."

"더 좀 이렇게 일과 놀이를 균형 있게 하든가 경영자와 직원 사이에 확실하게 선을 그어야지. 걔는 그런 걸 못하지 않니?"

내 마음은 굳게 닫힌 조개껍데기 속에서 떨기 시작했다.

매일 걸레처럼 너덜너덜해질 때까지 공장에서 일하고 집에 돌아와도 불평 한마디 하지 않고, 휴일에도 출근하고 어릴 때부터 귀여워해 준 나이 든 직원들을 '가족 같은 사람들'이라고 하고, 일도 거의 하지 않으면서 보수는 듬뿍 갖고 가는 부모도 그저 쓴웃음만 지을 뿐 흘려 넘기고. 게다가 기울어 가는 회사의 책임만은 오로지 혼자 떠맡고 있는 곰 같은 사람.

그러게, 내 남편은 곰 같다.

바보 같다고 할 정도로 사람이 착하다.

하지만….

내 눈에서는 슬슬 열이 났다.

"너도 그렇게 생각하지?"

식빵을 보고 있는데 사람을 무시하는 듯한 시어머니의 옅은 미소가 떠올랐다.

"그 애, 정말로 사람이 물러 터졌지?"

"……."

나는 대답하지 않고 시어머니의 얼굴을 흘끗 보았다.

고압적인 시선에 절로 마음이 움츠러들 것 같았다.

하지만 '흥' 하고 웃을 때의 경박한 팔자주름 각도가 왜일까, 그때까지 굳게 닫혔던 내 껍데기를 비틀어 열었다.

"너무, 무시, 하지 말아 주세요…."

"내가 뭘, 별로…."

"누구 덕분에 지금까지 회사가 버티고 있다고 생각하세요?"

잠긴 목소리가 어째선지 원래 목소리로 돌아왔다.

목소리의 떨림도 필사적으로 억눌렀다.

하지만 원래 소심해서 계속 얼굴을 들고 말을 할 수는 없었다. 그래서 조금 전 행복한 기분으로 굽고, 좋은 마음으로 나눠 주려고 온 식빵을 향해 목소리를 높였다.

"그 사람이 언제나 격의 없이 대하기 때문에 직원들은 휴일도 반납하고 일해 주는 거 아니에요?"

"뭐…."

"아닌가요?"

"나, 나오미."

시어머니는 갑자기 간지러운 목소리로 이름을 불렀다.

그 목소리가 한층 내 껍데기를 비틀어 열었다.

"그런 직원들에게 경의를 표하기 때문에 그 사람은 위가 아파도 출근하는 거 아닌가요?"

줄곧, 줄곧 쌓였던 까맣고 뜨거운 것을 목 안에서 줄줄 토해 냈다.

이제 멈출 수 없다.

"만약에 직원들이 열심히 일해 주지 않았다면, 지금쯤 회사가 어떻게 됐을 거라고 생각하세요?"

"자… 잠깐만, 무슨 일이냐, 나오미?"

시어머니는 동요했다.

그도 그럴 것이다. 이 집에 시집온 이후, 내가 시어머니에게 반항적인 태도를 보인 것은 이것이 처음이니까.

"사람이 좋고 곰 같은 남편에게 사장 그릇이 안 된다고 한다면, 저는 그래도 상관없습니다."

상관없지만, 열받는다.

오장육부가 뒤집힐 정도로.

"잠깐만, 나오미."

"당신은 사장 될 그릇이 아니래, 라고 남편한테 잘 전할게요."

"자, 잠깐, 잠깐만."

"그리고요!"

나는 시어머니 말을 단호히 가로막고, 천천히 얼굴을 들었다. 어느샌가 어깨로 숨을 쉬고 있는 내가 왠지 남처럼 느껴졌다.

시어머니는 유령이라도 본 것 같은 얼빠진 얼굴로 나를 내려다보고 있다.

"되도록 이른 시일에 병원에 가라고, 강하게 일러두겠습니다."

"……"

"제 남편의 몸을 걱정해 주셔서 감사했습니다."

굳이 과거형으로 말한 나는 뺨에 물방울이 타고 내리는데도 애써 미소 지으며 시어머니를 빤히 쳐다보았다.

뭐야, 겁나 작은 할망구네.

속으로 중얼거린 나는,

"하아…." 하고 소리 내 한숨을 쉬고, 그대로 휙 돌아서서 현관을 나왔다.

시어머니가 당황하여 무슨 말인가 하고 싶은 듯 보였지만, 나는 그 말을 등으로 받아치고 손을 뒤로 하고 문을 탁 닫았다.

그리고 부지 안을 터덜터덜 걸었다.

땅에 발이 닿지 않는 것을 나도 안다.

머릿속은 반 이상이 새하얗다.

나는 걸으면서 무심코 하늘을 올려다보았다.

좀 전까지 그렇게 파랗던 하늘이 어느샌가 색을 잃고, 슬프리만치 바랬다.

내 마음이 그대로 노출됐다.

색이 없는 하늘조차 스며들어서 찌릿찌릿 아팠다.

껍데기는 어디로 사라진 걸까?

나는 두 팔을 축 늘어뜨린 채 우리 집 현관까지 걸었다.

현관문을 열고 안으로 들어갔다.

그리고 언제나처럼 아무도 없는 집을 향해 '다녀왔습니다.' 하고 말하려 할 때, 문득 좀 전에 구운 향긋한 빵 냄새가 났다.

행복한 냄새야….

그런 생각과 동시에 내 속에 팽팽했던 감정의 끈이 뚝 하고 소리 내 끊어졌다.

어두컴컴한 현관에 혼자 우두커니 서서, 슬리퍼를 신은 나는 소녀처럼 울었다.

＋＋＋＋＋

저녁 무렵이 되어, 남편이 귀가했다.

여전히 지친 얼굴을 하고 "다녀왔습니다아." 하고는 편안한

222

옷으로 갈아입으러 그대로 방으로 직행했다.

그 뒤로 시어머니는 우리 집에 오지 않았고 전화도 오지 않았다.

나와 얽이는 것이 불편하거나 분노에 떨고 있거나. 확실한 이유는 모르겠고, 알고 싶지도 않다. 나는 적어도 오늘만큼은 무슨 일이 있어도 시어머니를 무시할 생각이었다.

잠시 후 위아래 트레이닝으로 갈아입은 남편이 거실에 얼굴을 내밀었다.

"아이고, 위가 아픈데도 배는 고프네."

중얼거리면서 테이블에 앉았다.

"좀 아까 구운 빵 있는데 먹을래?"

"당신이 구웠어?"

"응, 맛있게 잘 구운 것 같은데."

나는 대화가 부자연스럽지 않도록 주의하면서 물었다.

"그러면 토스트 구워 줄까?"

"오케이."

쫀득쫀득한 식빵 질감을 맛보게 하려고 조금 두껍게 썰어서 토스터에 넣었다.

"버터는?"

"필요해."

지금은 시어머니 얘기를 하지 않을 생각이었다. 더 이상 남편의 위를 괴롭히는 일은 하지 않고 싶다. 하지만 솔직히 말하면 울어서 부은 눈을 눈치채 줘, 또 하니와 같다고 웃어, 하는 마음도 있었지만….

토스트는 약 3분 구웠다.

버터를 듬뿍 발라서 남편 앞에 내밀었다.

"잘 먹겠습니다."

식빵 가장자리를 한 입 먹은 남편은 바로 눈이 동그래졌다.

"오, 정말로 맛있네, 이거."

"그렇지?"

"단맛이 난다고 할까, 이 쫀득쫀득한 식감도 대단하네. 하나 더 구워 줄래?"

나는 끄덕이고 뒤로 돌아섰다. 그때 남편이 별일 아닌 게 생각났다는 듯이 내 이름을 불렀다.

"아, 그러고 보니, 나오미."

"응?"

"어쩐 일로 싸움을 다 했다며?"

"……."

누군가가 커다란 손으로 식도를 꽉 움켜쥐는 것 같아서 나는 말을 잃었다.

"아까 회사로 전화가 왔더라고."

전화?

시어머니가 굳이 회사에 있는 남편한테….

"……."

가슴이 멘 채 사람 좋아 보이는 남편의 동그란 얼굴을 보고 있었다. 그러자 빵을 우물우물 씹으면서 남편이 말했다.

"나는 괜찮다고 생각해."

"어…."

"가끔은 그런 일이 있어도."

아무렇지도 않은 남편을 보고 있으니, 오히려 내 속에 미미한 죄책감이 생겼다.

이 사람의 어머니에게 내가 무례한 말을….

미안해, 라고 할지 말지 망설일 때, 남편이 먼저 입을 열었다.

"나를 필사적으로 감싸 주었다며?"

"어…."

"전무가 그랬어, 전화로."

남편은 '엄마'가 아니라 '전무'라고 해 주었다.

나는 그 의미를 생각하면서 말없이 있었다.

"뭔가…, 고마웠어."

쑥스러운 듯이 말한 남편은 다시 식빵을 덥석 물고 씹으면서 미소 지었다.

"음, 역시 맛있네, 이 빵."

"뭐 좀 마실래?"

나는 되도록 짧은 말을 골랐는데도 어미가 조금 떨렸다.

"뭐야, 울지 마."

"안 울어."

내가 굳이 화난 얼굴을 지어 보이자, 남편은 오히려 눈썹을
여덟팔자로 만들고 조금 웃었다.

나도 따라서 쿡 웃었다.

웃으면서 엄지로 눈가를 닦았다.

그러자 남편은 더 놀라운 말을 했다.

"나 말이야, 역시 공장, 접으려고 생각하는데."

"뭐어…?"

"공장, 닫아도 될까?"

그런 걸 갑자기 내게 물어도….

"아, 물론 직원들에게도 우리 가족에게도 생활이 있으니까.
지금 당장은 아니지만."

"……."

"1, 2년에 걸쳐서 조금씩 규모를 줄여 가면서 직원들 모두
재취업할 곳을 찾은 뒤에. 뭐, 그런 생각으로 잘 정리해 나가면

좋을 것 같다고 생각해."

"진심으로… 하는 말이야?"

나는 간신히 대답했다.

"이런 말을 농담으로 하겠어?"

남편이 쓴웃음을 지었다.

"그건 그렇겠지만."

"나로서는 이른바 연착륙할 수 있었으면 좋겠어."

엄청난 얘기를 하는 데 비해 남편은 태연한 얼굴을 하고 있다.

예전에 내가 이 사람과 결혼하려고 마음먹은 것은 이런 서글서글한 성격에 끌린 탓이었다. 원래 소심한 나와는 정반대의 서글서글함. 이 사람과 함께 있으면 미래에 어떤 일이 있어도 괜찮다. 웃어넘기며 살 수 있다. 그런 느낌이 들었다.

"공장을 접고, 그다음에는 어떻게 할 거야?"

내가 묻자, 남편은 남은 빵을 입에 밀어 넣고 좀 수줍은 듯이 대답했다.

"나도 하고 싶은 일 정도는 있다고."

"엥?"

"뭐, 어차피 이루어지지 않을 거라고 생각해서 지금까지는 아무한테도 말하지 않았지만 말이야."

남편은 그렇게 말하면서 트레이닝 주머니에서 뭔가를 꺼냈

다. 그리고,

"자, 이거 돌려줄게." 하고 내민 것은 오늘 아침 회사에 갖고 간 수요일 우체국에서 온 편지였다.

"나쁘지 않았어, 그 편지."

"……"

"그걸 쓴 히로키라는 사람, 꽤 뜨거운 사람이더라."

"그렇지…."

나는 조그맣게 끄덕였다.

"가라앉은 분위기의 회사에서 그 편지를 읽고 있으니, 뭔가, 이렇게, 나도 드디어 결심이 섰다고 할까. 일단은 나오미에게 의논해 봐야겠다고 생각하게 됐어."

뜻밖의 전개에 내 마음이 아직 연착륙되지 않았다.

"혹시나 해서 묻는데, 놀리는 거 아니지?"

"당신도 의심이 많네. 농담일 리가 없잖아?"

남편은 또 쓴웃음을 지었다.

"……"

"우리 말이야, 지금까지 여러모로 분발해 왔고 여러모로 많이 참기도 해 왔잖아? 현 상태를 유지하기 위해서 말이야."

"……"

"하지만 그렇게까지 해서 지금 '형태'에 연연할 필요가 있을까 생각해 봤어."

나는 아무 말도 하지 못하고 남편의 얼굴을 보고 있었다.

"그래서 이젠 그만 부부 나란히 1부터 다시 시작하는 것도 괜찮지 않을까 생각했어."

"1부터…"

"뭐, 방향 전환이라 해도 좋고."

"……."

"솔직히 나오미는 어때?"

식빵을 다 먹은 남편은 위가 아프다고 말하는 데 비해 어딘가 개운한 듯한 얼굴을 하고 있었다.

부부 나란히 1부터, 혹은 방향 전환이라.

"물론 리스크는 있다고 생각하지만."

"음…."

"어차피 이대로 공장을 계속해도 리스크인 건 마찬가지고."

아들들 얼굴이 뇌리를 스쳤다. 엄마로서 아들들 미래만큼은 책임을 지고 싶다.

거기에 이오리와 시어머니의 얼굴도 스친다.

갓 구운 빵의 행복한 냄새.

히로키 씨의 뜨거운 편지.

등대 그림.

그 편지에서 불어오는 어딘가 시원한 미래의 바람….

나는 그 바람을 천천히 들이마시고 짧은 말로 바꾸어 토해 냈다.

"그럼 할 수 없지."

그렇게 말했을 때, 나는 내 뺨이 흐물흐물해지고 있음을 느꼈다.

"할 수 없다고?"

고개를 갸웃거리는 남편.

"응. 나, 한동안은 아르바이트를 계속할 거야. 방향 전환하려면 조금이라도 수입이 있는 편이 낫잖아."

"나오미…."

"그리고 제빵 교실에 다니는 것도 연기할래."

"어째서?"

"오늘처럼 인터넷에서 레시피 찾아서 만드는 것만으로도 충분히 즐겁고, 공부도 되고."

"그럼…."

"응?"

"정말로 괜찮지? 회사를 접는 방향으로."

남편은 진지한 눈으로 내 얼굴을 들여다보았다.

"괜찮지 않을까. 아니, 애초에 아버님, 어머님 회사인 데다."

"뭐, 그러네."

"위에 구멍이 날 정도로 애써 왔잖아. 앞으로는 하고 싶은 대로 하고 살아. 누구의 인생도 아니고 내 인생이니까."라고 하면서 나는 이오리가 한 말을 똑같이 하는 자신에게 쓴웃음이 났다. "어느 쪽을 향해 방향 전환을 하든 나는 나대로 응원할 테니까."

남편은 한동안 말없이 나를 바라보았다.

나는 가슴속에 시원한 바람이 지나가는 걸 느꼈다. 이 나이에 본심을 바로 말할 때의 쾌감을 맛보았다.

"뭔가, 미안하네…."

중얼거리듯이 말하고, 남편은 머리를 벅벅 긁었다.

"그럴 때는 고마워, 라고 하는 게 정답인 것 같은데."

"그런가."

"응."

"그럼, 뭐…, 고마워."

"나야말로."

우리는 갑자기 간지러워져서 쑥스럽게 웃었다.

"그러니까 울지 말라고."

하면서 남편이 더 웃었다.

"우는 거 아니라고 했잖아."

우기는 나도 눈가를 닦으면서 웃었다.

"또 하니와가 되겠네. 하긴 아까부터 이미 돼 있었지만."

뭐야, 눈치채고 있었던가… 생각하니, 남편의 야유가 평소보다 조금 즐겁게 울렸다.

"어이, 좀. 남편의 꿈을 위해 아르바이트를 계속하겠다고 하는 믿음직한 아내한테 그런 말 심하지 않아?"

"진실을 말하는 게 부부야."

"와, 더 심하네."

"아하하하."

웃는 남편을 보니 문득 중요한 사실이 떠올랐다.

"그보다 공장을 접고 난 뒤에 하고 싶은 일이 뭐야?"

"아, 그거."

"응, 그거, 중요한 거."

"실은 말이야, 나."

거기서 남편은 또 머리를 긁적거렸다.

"옛날부터 커피숍 마스터를 동경했어."

"어머…, 그거 좀 의외네."

하지만 앞치마 차림으로 커피숍 카운터에 서 있는 남편을 상상해 보니, 작업복 차림으로 공장에 있을 때보다 훨씬 평온한 얼굴일 것 같은 느낌이 든다.

"나, 대학생 때 말이야, 한적한 바닷가에 있는 커피숍에 자전거로 간 적이 있거든. 그 가게 분위기가 너무나 좋아서 잊히지 않았어."

"흐음. 난 가 본 적 없지만."

"그럼 다음에 차로 가 볼까?"

"좋네."

나는 끄덕였다. 그리고 생각했다. 만약 남편이 커피숍을 연다면 그 가게에서 내가 구운 빵을 낼 수 있지 않을까, 하고.

아주 멋진 아이디어라고 생각했다.

하지만 그 아이디어를 남편에게 말하기 전에, 아까부터 줄곧 하니와라고 놀리는 것에 복수하고 싶어서 나는 장난스럽게 말했다.

"근데 커피숍 경영이 그렇게 만만하지 않을걸? 괜찮아?"

"그렇게 말하자면 빵집도 만만하지 않을걸?"

너무 정론으로 반박해서 나는 웃고 말았다.

"아하하. 그건 그러네."

어떤 장사건 충동적으로 시작해서 성공할 수 있을 만큼 만만한 게 아니다. 그래도 우리 부부가 마음을 하나로 모아 지금까지처럼 열심히 한다면, 어쩌면….

"아, 그렇지, 나 있잖아, 인생에서 성공하는 비결을 알고 있는데."

"어, 그게 뭔데?"

"가르쳐 줘?"

고개를 갸웃거리는 내 마음속에는 그 고급스러운 바람이 불었다.

"뭐, 응…."

좀 미심쩍은 듯이 끄덕이는 남편.

"음, 말이지."

나는 테이블 구석에 놓여 있던 스마트폰을 들었다. 앨범을 열고, 이오리의 수첩에 적혀 있던 그 격언 사진을 남편에게 보여 주었다.

"아, 있다. 봐, 이거."

남편은 몸을 내밀어 사진을 들여다보았다.

"오, 그러네."

"이거 현재진행형으로 성공한 사람의 말이래."

"그렇구나. 그 사진, 내 폰으로 보내 줘."

남편은 진지한 얼굴로 말했다.

"알겠지만, 비싸."

나도 진지한 얼굴로 대답했다.

"하하. 오케이. 얼마든지 줄게."

"얼마든지?"

"물론, 출세하면 줄 거지만."

나는 픕 하고 웃었다.

"커피숍 마스터 되면 출세하는 거야?"

"당연하지. 그냥 마스터에서 출발해서 최종적으로는 초울트라 슈퍼디럭스 마스터가 될 거니까."

"뭐야, 그거. 출세가 아니라 진화잖아."

"그럼 포켓몬 마스터네."

시시한 대화와 웃음소리가 거실에 울렸다.

"나오미, 그 세 가지 성공 비결, 어디에서 찾은 거야?"

"이건 말이야."

"응."

"고등학교 때부터 사귄…."

지인…,

이라고 하려던 입을 일단 다물었다.

그리고 다시 말했다.

"친한 친구가 가르쳐 주었어."

"오, 테니스부의?"

"응. 이오리라는 착하고 내면이 반짝반짝 빛나는 친구인데 말이야."

그렇게 말했을 때 가슴속에 커다랗게 걸려 있던 뭔가가 빠져나간 기분이 들었다. 그리고 내가 전보다 아주 조금 좋아졌다.

나는 고교 시절 얘기를 남편에게 했다.

곧잘 엄마와 빵을 구웠던 것. 그 빵을 학교에 갖고 가선 옥상에서 이오리네와 먹었던 것. 그리고 그것이 너무나 행복한 추억인 것.

얘기하면서 나는 남편을 멍하니 바라보았다.

이 사람과, 처음부터 다시 시작한다.

인생의 방향 전환을 한다.

리스크가 있는 길을 걸어간다.

혹은 이렇게 멋있는 말을 하지만, 역시 두려워서 지금까지대로 살아간다.

아무래도 좋잖아, 하고 생각했다.

어느 것을 선택해도 정답이다.

중요한 것은 어느 길을 선택하는가보다 선택한 길을 자신들이 어떻게 느끼고, 어떻게 살아갈지, 그리고 누구와 함께 그 길을 걸을지, 라고 생각하기 때문에.

"나, 실은 말야, 커피콩 종류나 수입 방법 같은 것 인터넷에서 조사하며 공부했거든."

살짝 수줍어하면서도 절절하게 '꿈'에 관해 얘기하는 남편.

그리고 그런 남편을 미소 지으며 바라보면서 나는 머리 한 구석으로 다른 생각을 하고 있었다.

다음 주 수요일에 이오리에게 편지를 쓰자.

제대로 사과를 한 다음에 수요일 우체국을 이용해 본 얘기, 오랜만에 맛있는 빵을 구운 얘기도 쓰자. 그리고 만약 나를 용서해 준다면 또 고등학생 때처럼 내가 구운 빵을 함께 먹었으면 좋겠다고.

사유리가 말한 동창회에도 함께 가고 싶다고 말하자. 그때, 나는 지금의 내게 어울리는 멋을 한껏 내고 가야지. 이오리가 만들어 준 팔찌도 끼고.

그렇게 마음먹었을 때, 테이블 위에 있는 봉투가 눈에 들어왔다. 생각지도 못하게 남편까지 바꿔 버린 수요일의 편지는 앞으로도 우리 부부의 인생 항로가 되어 줄 것이다. 그런 작은 등대의 불빛으로 계속 있어 줄 것 같은 느낌이 든다.

"어이, 당신, 내 얘기 듣고 있어?"

남편의 목소리가 들렸다.

"응? 물론 듣고 있지."

"근데 왜 울고 있는 거야? 나 전혀 울 만한 얘기 하지 않았는데."

남편은 맙소사 하는 느낌으로 웃더니, 테이블 위의 티슈를 두 장 뽑았다.

"나 울지 않았다니까."

완전히 울면서 웃고 있는 내게 남편은 그 티슈를 "자." 하고
내밀었다. 그리고 장난스러운 얼굴로 말했다.

"나, 내일이 기대돼."

"엥, 왜?"

티슈로 눈가를 누르면서 물어보았다.

"왜냐하면."

"응….."

"한껏 진화한 하니와를 볼 수 있을 것 같아서."

"좀!"

나는 티슈를 뭉쳐서 남편에게 던졌다.

5장

이마이 히로키의 유서

5월 밤하늘에 부옇게 보름달이 떠 있었다.

단골 목욕탕 노천탕에 푹 잠겨서 나는 그 달을 바라보며 짧게 한숨을 쉬었다.

"후우···."

그러자 머리에 수건을 올린 고누마가 이쪽을 보고 말했다.

"너 요즘 좀 말랐지?"

"한동안 체중계에 올라가지 않았지만··· 좀 말랐을지도. 벨트 구멍이 한 개 줄기도 했고."

"그렇지? 턱선이 날카로워졌다."

"그거 칭찬이냐?"

"아니, 반은 놀림."

고누마가 농담처럼 말했다.

"이 자식, 솔직히 요즘 너무 바빠서 마른 게 정답일 거야."

"그렇지? 바쁘게 만든 내가 말하기도 그렇지만 말이야. 이번 일, 네가 손이 빨라서 도움이 됐어."

일을 주어서 도움이 된 건 오히려 내 쪽인데….

그렇게 생각하면서 나는 "아슬아슬하게 마감 맞춰서 다행이었어." 하고 웃어 보였다.

얼마 전, 고누마에게 일러스트 원고를 20점이나 한꺼번에 주문받아서 어제까지 밤을 새워 마감하고 오늘 만났다.

인생이란 생각할수록 신기하다.

그토록 프리 일러스트레이터를 꿈꾸었던 고누마를 부러워하고 질투했는데, 지금은 고누마가 편집 프로덕션에 근무하는 샐러리맨으로 돌아가고, 나는 회사를 그만두고 고누마에게 일러스트 발주를 받고 있다.

"보수가 적어서 미안하다."

고누마는 관자놀이를 긁적거리며 말했다.

"괜찮아. 나중에 더 좋은 일 주면 되지."

이번만큼은 내가 농담처럼 말할 차례였다.

"아하하, 오케이. 아, 이건 농담이 아닌데 아마 다음 달쯤부터 상장회사 기업 PR 정보지를 맡을 것 같아. 그게 결정되면 너한테도 좋은 일 넘길 수 있을 거야."

생활고가 이어지는 프리랜서 생활을 그만둔 뒤, 점점 살이 오르고 있는 고누마가 "그때 또 부탁한다." 하고 내 어깨를 치며 작게 웃었다.

"오케이. 하지만 시간 너무 촉박하게 주지는 마라."

"일러스트 일은 대부분 시간 촉박한 일이라서."

고누마는 장난꾸러기 같은 얼굴로 말했다. 예전에는 프리를 만끽하던 이 재능 덩어리도 2개월 뒤에는 결혼하고, 5개월 뒤에는 아빠가 된다. 가족이 생긴다는 책임감이 고누마를 '자유'에서 '안정'으로 돌아서게 한 것이다.

그 기분, 아프리만치 잘 안다.

"결국 시간에 쫓기는 일이냐."

"하하하. 뭐, 되도록 일찍 발주할게."

"그런 거라면 많이 줘."

"되도록. 하지만 말이야, 프리는 일이 끊어지면 진짜 난감하니까, 내게서뿐만 아니라 여러 곳에 거래처를 만들어 둬."

고누마는 전직 프리랜서 선배로서 거들먹거리는 것 같지만, 사실 이 말에는 경험자의 무게가 있다. 그래서 나는 순순히 끄덕였다.

"아, 그럼, 그럼."

"프리가 되는 건 간단하지만, 프리로 먹고사는 건 힘들어."

"알아. 네가 고생하는 것 실컷 봐 왔으니까."

"하하, 그렇다면 다행이지만."

고누마는 뜨거운 물에 어깨까지 몸을 담그고, '후우~' 하고 만족스러운 숨을 내쉬었다. 그리고 달을 올려다보면서 감개무량한 목소리로 말했다.

"아무리 그래도 네가 그 회사를 그만둘 줄이야."

"그 요인의 반은 고누마에게 있지."

나는 웃으면서 대꾸했다.

"뭐, 그렇긴 하지만."

"그리고 내가 회사를 그만둔 건 벌써 반년도 전 일이야. 이제 와서 진지하게 말하지 말라고."

"뭐? 벌써 반년이나 됐어?"

"됐어."

9개월쯤 전의 일.

나는 다니던 회사에 육아 휴가를 신청했다. 그것도 만 1년, 꽉 찬 휴가를.

물론 주위에서 반발을 들을 각오는 돼 있었고, 예상한 대로 상사나 임원들에게 "어째서 남자인 자네가." 하고 매몰차게 호

통을 들었다.

가장 곤란한 것은 클라이언트가 좋지 않은 눈으로 보거나 어이없어하는 것이었다. 그래도 초지일관 태도를 관철하며 업무 인수인계도 철저히 했다. 그리고 약간 무리하게 긴 육아 휴가에 돌입했다.

솔직히 말하면 그 일 년이라는 한정된 '휴직' 동안에 내게는 꼭 이루고 싶은 목표가 있었다.

아내가 된 카키와 갓 태어난 아들 요타와의 시간을 즐기면서 한편으로 그림책을 그리고 싶었다.

아내와 함께 처음으로 육아를 경험하면서 꿈이 있는 직업에 진지하게 승부를 건다. 그런 일 년으로 만들고 싶었다.

임신 중, 카키는 내게 이렇게 말했다.

"사람의 수명은 고작 80년 남짓하잖아. 그중에 겨우 일 년쯤 히로키가 꿈을 향해 진지하게 승부를 보는 시기가 있어도 괜찮지 않아?"

프리 일러스트레이터가 되어 나중에는 그림작가가 된다. 그것이 예전 나의 꿈이었던 것, 카키는 알고 있다.

카키는 부푼 배를 쓰다듬으면서 장난스럽게 말했다.

"나와 이 아이 때문에 히로가 꿈을 좇지 못했다고 생각하면, 죄책감으로 괴로운 것은 오히려 우리니까."

그 말에 나는 결심했다. 그리고 육아 휴가 동안에 승부를 걸기로 마음먹었다.

마침 그 무렵, 여자 친구와 결혼을 결정한 고누마가 프리랜서를 그만두고, 편집 프로덕션에 취직하여 선그림이 특기인 일러스트레이터를 찾고 있었다. 고누마는 내가 장기 육아 휴가를 받은 것을 알고 "보수는 싸지만, 일러스트 좀 그려 주지 않을래?" 하고 일 이야기를 꺼냈다. 그리고 "가능하면 고정으로 일러스트 일을 발주하고 싶어. 너라면 프리로도 잘할 거야." 하고 진지한 얼굴로 부탁했다.

나로서는 나보다 솜씨 좋은 고누마에게 일러스트 일을 의뢰받는 것이 묘한 느낌이 들었지만, 애타게 프리랜서 일러스트레이터를 꿈꾸었던 사람으로서 어떤 의미에서는 구세주이기도 했다.

카키의 응원으로 육아 휴가도 받았고, 이 타이밍에 고누마에게 일도 의뢰받았다. 이것은 신이 준 기회임이 분명하다, 하고 속 편하게 생각한 나는 프로로서 고누마의 의뢰를 받기로 했다. 그리고 그것을 계기로 과감하게 회사를 그만두었다.

그런 이유로 가족이 생긴 책임감에서 샐러리맨으로 돌아온 고누마와, 가족이 생겼지만 큰마음 먹고 프리가 된 나와의 사이에 뜻밖의 수요와 공급이 일치한 것이다.

솔직히 말하면 오랜 꿈이었던 프리 일러스트레이터가 됐는데, 나는 아직 그 기쁨에 잠기지 못하고 있다. 왜냐하면 지난 반년 동안 갓 태어난 요타의 육아와 일러스트 마감에 쫓기느라 허둥지둥하는 매일이 이어졌기 때문이다.

더 말하자면 다음 달에도 수입이 생길까? 다음다음 달 생활은 괜찮을까? 등등 걱정하기 시작하면 마음속 저 밑에 시커먼 불안의 안개가 뭉글거린다. 클라이언트에게 무의미한 추가 작업과 수정을 요구받으면 스트레스로 가슴이 답답해지기도 한다.

심할 때는 상대방이 제멋대로 요구한 탓에 3일 동안 4시간밖에 못 잔 적도 있고, 그런 가혹한 노동에 비해 단가는 믿을 수 없을 만큼 쌌다.

역시 샐러리맨으로 지내는 편이 낫지 않았을까….

겨우 반년 동안 그렇게 후회한 적도 몇 번이나 있다.

샐러리맨 시절에는 생각도 하지 못했지만, 꿈은 이루어진 순간부터 달콤한 과자가 아니게 된다. 오히려 엄연한 '프로의 책임'으로 나를 꾸역꾸역 밀어 대는 압력 그 자체가 됐다.

"어이, 고누마."

"응?"

"편집 일은 재미있냐?"

조금 짓궂은 질문이려나, 생각하면서도 나는 장난삼아 물어보았다.

"으음, 뭐, 힘들긴 하지만, 꽤 재미있어. 좋은 상품을 만드는 즐거움은 화가일 때와 같기도 하고."

"그러냐."

"너는 어때? 일러스트레이터는 재미있기도 하고, 힘들기도 하지?"

"맞아…. 아니, 솔직히 상상 이상으로 힘드네."

무심결에 본심이 흘러나왔다.

"하하하, 내가 종종 '일장일단이 있지'라고 한 의미, 알겠냐?"

"응, 알겠어."

알기만 하겠는가, 날마다 통감하고 있다.

"정말로 일장일단이 있지."

고누마는 달에게 얘기하듯이 말하더니, 그대로 밤하늘을 향해 두 팔을 들어 올렸다.

"자, 슬슬 나가 볼까."

"어? 욕탕에 오래 있는 네가 웬일이야."

"실은 나, 집에 가서 교정지 체크해야 돼."

"엇, 지금부터?"

"응, 오랜만에 너하고 뒤풀이라도 하고 싶은데 말이야. 미안."

"괜찮아. 나도 집에 가서 할 일이 많기도 하고."

우리는 노천탕에서 일어섰다.

5월의 밤바람이 달아오른 몸을 식혀 주었다.

문득 올려다보니 보름달이 옅은 구름에 가려졌다.

고누마가 먼저 탕에서 나와 노천탕 출구 쪽으로 걸어갔다. 나도 뒤를 따랐다.

전보다 살이 오른 친구의 등은 그대로 결혼을 앞둔 남자의 '안정과 행복의 증표'로 느껴졌다.

나는 내 갈비뼈를 내려다보고, 작게 한숨을 내쉬었다.

일장일단은 안다.

하지만 남의 떡이 커 보이는 법.

✦ ✦ ✦ ✦ ✦

공중목욕탕을 뒤로한 나는 고누마와 헤어져서 목욕 후의 시원한 밤바람을 만끽하며 임대맨션인 집으로 돌아왔다.

"다녀왔어."

현관에서 신발을 벗고 거실로 들어가자, 카키가 입술에 검지를 세우고 이쪽을 보고 있었다.

"쉿."

마침 요타가 잠이 든 참인 것 같다.

나는 무언으로 끄덕이고, 오른손으로 오케이 사인을 그렸다. 그리고 살금살금 조명을 죽인 옆방 침실로 들어갔다.

목제 베이비 침대를 살짝 들여다보니 요타가 쌔근쌔근 숨소리를 내고 있었다.

통통하고 빨간 볼, 보들보들한 머리카락, 조그마한 몸에 조그마한 이목구비.

아들의 자는 얼굴이 사랑스러워서 엉겁결에 안아 올릴 뻔했지만, 참아야 한다. 간신히 재운 카키가 겨우 한숨 쉬는 참이니까.

나는 아쉬운 마음으로 침실을 나와서 살그머니 문을 닫았다.

"고누마 씨, 잘 지내?"

목욕하고 나와서 머리를 말아 올린 카키가 주방에서 작은 소리로 말을 걸었다.

"응, 그 녀석은 여전해. 어디서 무엇을 해도 즐겁게 하는 타입이니까."

나도 목소리 톤을 낮추고 대답했다.

"후후. 확실히 그런 타입으로 보여."

"그렇지?"

"나, 커피 탈 건데."

"아, 나도 마실게."

"오케이."

카키가 주방에서 물을 끓였다.

고맙게도 카키는 출산 후에도 커피숍 '쇼와도'에 복귀해서 전과 다름없는 '고용 점장'으로 일하고 있다. 게다가 가게에서 맨션까지는 걸어서 5분 거리여서 낮에 내가 요타 육아를 하는 동안 만일의 경우가 생기면 카키는 바로 달려올 수 있다. 그런 의미에서 나도 카키도 안심하고 하루하루를 보내는 면이 있다.

실제로 해 보고 안 것이지만, 나는 '아빠'와 '주부' 일이 은근히 적성에 맞는 타입이었다. 물론 처음 하는 육아이니 모르는 점투성이기도 하고 허둥댈 때도 많지만, 그래도 그 역할이 싫은가? 하고 묻는다면 비교적 좋아한다고 대답할 자신 있다.

저녁 무렵 카키가 퇴근한 뒤로는 손이 비는 쪽이 집안일을 하고 요타를 돌본다. 굳이 세세한 규칙은 만들지 않고, 그때그때 할 수 있는 사람이 한다는 기조다.

참고로 최근 우리의 신조는 누더기를 걸쳐도 마음은 부자처럼.

그렇긴 하지만 나로서는 금전적 불안에서 한시라도 빨리 벗어나고 싶다. 프리랜서가 된 지 반년째인 상황에서는 앞으로 어떻게 될까…, 걱정스러운 것이 솔직한 심정이다.

주방에서 삐이 소리가 울렸다.

가스레인지에 올려놓은 주전자 물이 다 끓었다.

카키가 재빨리 불을 끄고 내게 물었다.

"강배전 원두가 좋아?"

"응, 좋아."

카키가 프로 솜씨로 커피를 내렸다.

나는 그 모습을 거실 테이블에서 바라보았다.

집안에 떠도는 그윽한 향.

결혼하고 3년이 지난 지금도 아, 나는 이 사람과 결혼했구나, 하고 턱을 괴고 싶어지는 순간이다.

이윽고 카키가 향긋한 커피를 테이블로 날라 왔다.

"땡큐."

"응."

우리는 깔끔한 쓴맛이 나는 커피를 마시면서 작은 소리로 이런저런 대화를 나누었다. 요타를 깨우지 않으려고 최근에는 텔레비전도 거의 켜지 않아서 오히려 대화의 리듬이 좋다.

거실의 작은 협탁에는 결혼식과 신혼여행과 요타가 태어났을 때 사진이 놓여 있다. 그 위의 하얀 벽에도 요타를 중심으로 한 가족사진을 핀으로 잔뜩 꽂아 놓았다. 대부분은 카키가 찍은 것으로 하나같이 부드러운 빛이 넘치는 멋진 사진뿐이다.

나는 그 사진들 속에서 낯선 한 장을 발견했다. 사진에 관해 물어보려고 했더니, 카키가 먼저 말을 꺼냈다.

"저기, 히로, 요즘 좀 말랐지?"

"그러게. 아까 고누마도 같은 말을 하더라."

"너무 바빴지…."

"프리랜서는 바쁜 게 행복한 거라고, 옛날에 고누마가 자주 한 말이지."

"그건 그렇지만, 그래도 정도가 있는 거야."

"그렇지. 프리가 된 지 1년째여서 말이야, 어느 정도 안정감을 느끼게 될 때까지는 필사적으로 해 볼 거야."

"고누마 씨한테 부탁받은 일러스트 20점은 끝났지?"

"응. 아침까지 해서, 간신히."

"그럼, 오늘 밤에는 푹 잘 수 있겠네?"

심플한 흰색 커피잔을 든 카키가 걱정스러운 얼굴로 갸웃거렸다.

"자도 되지만…."

"아, 그림책?"

"응."

빈 시간이 조금이라도 생기면 되도록 붓을 들고 그림책 러프를 완성하고 싶었다.

"그렇구나. 밤새운 뒤니까 너무 무리는 하지 마."

"그럴게. 적당히 할게."

끄덕이면서도 내심 지금은 조금 무리해도 된다고 생각했다. 하루라도 빨리 그림책을 낼 레벨의 화가가 되어 가계를 안정되게 만들고 싶다. 그러지 않으면 카키도 장래가 불안할 테고, 소심한 내가 먼저 불안에 짓눌릴지도 모른다.

작업 중인 그림책을 떠올리면서 나는 커피에 입을 댔다. 무난한 쌉싸름함에 부드러운 맛이다.

"지금 그리는 그림책은 어떤 내용이야?"

"으음… 간단히 말하자면 이상한 숲에 사는 아기 동물들이 활약하는 사소한 모험 이야기랄까."

"어머, 뭔가 귀여운 느낌이네. 러프 완성하면 보여 줘."

"좋아."

나는 끄덕였다.

그림책 제목은 〈아기곰 돈짱〉으로 할까 생각 중이다. 컬러풀한 버섯으로 채색한 '버섯 숲'에서 아기곰 돈짱이 친구들과 유쾌하면서도 감동적인 모험을 펼…쳐야 하지만….

"근데 말이야, 내 머릿속에서 귀여운 캐릭터는 그려지는데,

이야기가 잘 풀리지 않네. 아무리 줄여도 길어지고."

"짧은 글에서 기승전결 찾기가 어렵지."

"맞아. 그래서 되도록 심플한 이야기로 완성하는 게 지금의 과제야."

"그렇구나. 음, 하지만 괜찮아. 히로라면 분명히 할 수 있어."

조용히 말하고 카키가 눈을 가늘게 떴다.

카키가 미소를 지으면 테이블 위에는 폭신폭신하고 낙천적인 공기가 떠돈다. 이 공기가 없었더라면 나는 프리랜서 생활을 꿈도 꾸지 못했을터다. 그만큼, 카키의 대범한 성격에 도움을 받고 있다.

"나름대로 열심히 해 볼게."

"응."

"러프 완성하면 고누마가 편집자를 소개해 주기로 했어."

"고누마 선배는 구세주네."

농담처럼 말하고 카키는 그대로 '아하하하함~' 하고 하품을 했다. 따라서 나도 '아하함~' 하품. 줄곧 수면 부족에 허덕이는 두 사람은 서로 쿡쿡 웃었다.

이윽고 커피를 다 마신 카키는 "그럼 나, 그만 잘게." 하고 빈 컵을 싱크대로 가지고 갔다.

"오케이. 나는 조금만 그리고 잘게."

"응."

끄덕이고, 카키는 그대로 세면실로 사라졌다.

나는 심호흡을 한 번 하고 멍하니 벽의 사진들을 바라보았다.

카키에게 미처 물어보지 못한 새로운 사진은 바닥에 벌러덩 누워 있는 내 가슴 위에 요타가 엎드려 있는, 아주 멋진 사진이었다. 부드러운 크림색 빛에서 나와 요타가 빙그레 미소 지으며 서로 바라보고 있다.

대체 언제 이런 사진을 찍었을까. 나는 그걸 묻고 싶었다.

요타가 태어난 뒤, 카키의 사진은 명백히 바뀌었다. 예전의 카키는 피사체를 정하면 확실하게 구도를 만들고, 노출과 셔터 속도와 렌즈 등을 꼼꼼하게 맞춰서 촬영했다. 그런데 최근에는 정반대로 찰나의 순간에 거침없이 셔터를 누른다. 그 탓인지 피사체 표정이 무척 자연스럽다.

세면실에서 드라이기 소리가 들렸다.

나도 성장해야지….

이얍.

속으로 기합을 넣었지만, 또 하품이 새어 나왔다.

✦ ✦ ✦ ✦ ✦

지정한 커피숍은 고서점가 뒷골목에 있었다.

나는 혼자 창가 자리에 앉아서 문고본을 펼치고 편집자를 기다렸다.

손목시계를 보니 약속한 오후 2시에서 3분이 지났다.

창밖은 미지근한 안개비로 덮여서 빌딩 벽도, 아스팔트도, 촉촉하게 젖어서 반짝거렸다.

섬세한 빗방울은 바람이 부는 대로 가로로 흐르고 있다.

이건 뭐 우산을 써도 의미가 없겠는걸….

생각했을 때, 창밖에 파란색 우산을 쓴 여성이 빠른 걸음으로 지나갔다.

딸랑, 딸랑.

바로 가게의 도어벨이 울리고 가게로 들어온 사람은 바로 그 파란 우산의 여성이었다.

두리번두리번 좁은 가게 안을 둘러본 여성은 가슴에 재색 봉투를 안고 있었다. 메일로 약속한 대로 그 봉투에는 출판사 이름이 인쇄돼 있다.

나는 의자에서 일어섰다.

바로 여성과 눈이 마주쳐서 가볍게 인사를 나누었다.

"죄송합니다. 앞의 미팅이 길어져서."

눈썹을 여덟팔자로 만들면서 여성이 내 앞에 섰다.

통이 좁은 청바지에 오렌지색 티셔츠. 갈색으로 물들인 머리칼은 짧은 보브, 부자연스러울 정도로 커다란 베코 안경을 끼고 있었다. 차림새는 대학생을 방불케 하지만, 아마 나이는 나보다 열 살 정도 위인 40대 중반일 것이다.

"아뇨, 괜찮습니다. 저도 지금 막 와서."

짧은 대화 뒤, 서로 "처음 뵙겠습니다." 하고 말하면서 명함을 교환했다.

그림책과 아동도서 출판사로 유명한 '미야시타서방'의 편집자, 나츠가와 리에 씨. 그의 노란색 명함에는 회사 상징인 기린 실루엣이 그려져 있었다.

나츠가와 씨가 "앉을까요?" 해서, 나는 의자에 앉았다.

주문을 받으러 온 점원에게 아이스커피를 두 잔 주문하고, 나츠가와 씨는 "그러면 바로 시작할까요." 하고, 회사 이름이 인쇄된 봉투에서 십여 장의 그림을 꺼냈다. 그리고 작은 테이블 위에 펼쳤다.

내가 그린 그림 러프 복사본이다.

"고누마 씨한테 러프라고 들었는데, 아주 꼼꼼하게 그리셨던데요."

실은 지난주, 겨우 완성한 러프를 나츠가와 씨에게 보냈다. 중개해 준 것은 물론 고누마였다.

"아, 네. 그림책 러프는 처음이어서 어디까지 그려야 할지 몰라서 그만…."

무릎에 손을 올린 나는 내 등이 쓸데없이 꼿꼿함을 깨달았다. 먹을 만큼 먹은 나이에 면접 보는 젊은이처럼 긴장하고 있다.

나츠가와 씨가 눈치채지 않도록 나는 슬며시 심호흡을 했다.

"그림책은 완전 처음?"

"네."

"아, 그러세요. 고누마 씨가요, 이마이 씨, 굉장히 그림을 잘 그린다고 했는데."

나츠가와 씨의 어조가 약간 서늘해졌다. 평가하는 자와 평가받는 자, 베테랑과 신인, 상하 관계를 확실하게 나타내는 기분이 들어서 내 등은 한층 꼿꼿해졌다.

"확실히 맛이 있는 그림이네요. 나 이런 터치의 그림 꽤 좋아하는데."

"감사합니다."

"다만."

"……."

"이야기가 이걸로 괜찮을지."

"라는 말씀은…."

"음, 초면에 말을 고르지 않고 대놓고 하자면."

"네."

"좀, 흔해빠진? 이랄까, 내용이 부실하다?"

의문형으로 말하면서 나츠가와 씨는 정면으로 나를 보았다. 나는 어떻게 대답해야 할지 몰라, "하아…." 하고 풀 죽은 소리를 내고 말았다.

"어딘가에서 본 듯한…기시감이 있다고 할까."

"그렇, 습니까."

"네. 뭔가 참고한 그림책, 있나요?"

"아, 어, 실은 제가 어릴 때 아주 좋아했던 그림책이 있어서."

"아."

"제목은 잊었습니다만, 언제나 무지개가 걸려 있는 '무지개 숲'에서 판다 무늬의 토끼가 모험하는 얘깁니다."

"아, 그거, 알아요. 미미치(다마고치 캐릭터로 파란색 또는 검은색의 기다란 귀, 분홍색 볼, 작고 둥근 꼬리를 가진 통통한 흰색 토끼를 닮음―옮긴이)죠?"

"아, 맞습니다, 맞습니다."

"과연, 그 그림책을 참고로 했군요."

"네…."

"이마이 씨 이야기에 부족한 것, 알 것 같은 기분이 드네요. 그걸 포함해서 몇 가지 지적할게요."

나츠가와 씨는 자신만만한 눈으로 나를 보았다.

"아, 네. 부탁드립니다."

"단적으로 말해서요, 이마이 씨가 그린 이 그림책을 어떤 사람에게 읽히고 싶어요? 그런 메시지성이 포함되지 않아서 이 이야기는 안쪽에서 빛을 발하지 못하는 것 같아요."

"아아…."

"이를테면 이런 것을 바꿔 보세요."

나츠가와 씨가 표지 그림을 넘겼다.

그러자 빨간펜으로 쓴 글씨가 빽빽하게 적힌 러프가 얼굴을 내밀었다.

여기가 안 되고, 저기도 안 되고.

이것은 자르고.

반대로 여기에는 에피소드를 더할 것.

이 문장은 너무 장난 같다.

이쪽저쪽의 그림 바꾸기.

이 문장 표현은 어린이에게 어려우니 쉬운 말로 바꾸기.

페이지를 넘겨도, 넘겨도 러프 화면은 새빨갰다. 이따금 칭찬도 쓰여 있었지만, 그것은 전체 그림에 관한 평가로, 즉 이야기 그 자체는 호되게 깎아 내렸다.

솔직히 말하면 이 러프는 나름대로 진지하게 고민하여 만든 것이고, 제법 자신 있는 이야기였던 만큼 나츠가와 씨 입에서 사정없이 날아드는 혹평 하나하나는 내 가슴에 가시처럼 박혔다. 그리고 빨간 글씨에 관한 설명은 마치 내 재능이 없음을 검증하는 듯한, 그런 작업으로 느껴졌다.

미팅을 하는 건지 지도를 받는 건지, 멸시를 당하는 건지, 도통 알 수 없어졌을 때….

"많이 기다리셨습니다. 아이스커피 나왔습니다."

점원이 러프 종이와 종이 사이에 잔을 두 개 내려놓고 갔다.

그것으로 일단 나츠가와의 입을 막았다.

안도한 나는 무심결에 '후우' 하고 숨을 토했다.

그런 나를 본 나츠가와 씨는 눈썹을 좀 올리고, 조그맣게 웃었다.

"아, 일단 말해 두겠는데요."

"네? 아, 네."

"죽도 밥도 안 될 작품에는 이렇게 세세하게 교정을 보지 않고, 일부러 시간을 만들어서 만나지도 않아요."

"네?"

"대책 없는 작품은 그 자리에서 바로 쓰레기통 행이죠."

그렇게 말하고 나츠가와 씨는 장난스럽게 웃었다. 그리고 아이스커피에 밀크와 시럽을 넣더니, 빨대로 빙글빙글 돌렸다.

"그럼, 어, 제 작품은….."

"현 상태로는 아직 출판할 레벨이 아니지만, 앞으로 가능성은 제로가 아니다, 일까요?"

진짜로 솔직하게 말하는 사람이네, 나는 한숨을 참았다. 그러자 돌리던 빨대를 내려놓고 커피를 한 모금 마신 나츠가와 씨가 내 쪽을 똑바로 보았다.

"나는요, 착한 거짓말을 해서 상대에게 희망 고문을 하는 게 오히려 실례라고 생각해요. 그래서 전부 솔직하게 말해요."

"네….."

"이마이 씨도 내 의견을 듣고 그건 아니다, 싶으면 그대로 말씀해 주세요. 그래야, 결과적으로 좋은 책이 될 거예요."

"좋은 책….."

"맞아요. 기왕 만들 거라면 최고의 책을 만들어야죠."

"네….."

"저자를 위해서가 아니라, 그렇다고 편집자를 위해서가 아니라."

"……."

"모든 것은 책을 위해…라고 할까요."

책을, 위해?

"독자를 위해서가 아니고요?"

262

내가 물었더니 나츠가와 씨는 단호하게 끄덕였다.

"최고의 책을 만들면 그건 그대로 독자를 위한 것도 되겠죠? 반대로 최고의 책이 아니라면 독자에게 실례이지 않을까요?"

과연.

"정말 그렇군요."

대답하고, 나는 깊이 끄덕였다.

무수히 박힌 가시 탓에 아직 가슴은 따끔따끔 아프지만, 이 순간, 꼿꼿하게 펴고 있는 등줄기에 심지가 생긴 것 같은 기분이 들었다.

모든 것은 책을 위해….

내가 아이스커피를 한 모금 마시는 것을 보고, 나츠가와 씨는 "그럼 다음 페이지로 넘어가겠습니다만…." 하고는, 러프를 그린 종이를 넘겼다. 그리고 다시 내 가슴을 따끔따끔 찌르는 지적의 폭풍이 불었다.

✦ ✦ ✦ ✦ ✦

옷에 촉촉하게 감겨드는 듯한 안개비 속, 나는 우산을 쓰지 않고 귀가했다.

"아, 어서 와."

거실 의자에 앉아서 이쪽을 돌아보는 카키는 칭얼대는 요타를 어르고 있는 참이었다.

"미팅, 어땠어?"

"으음…." 고개를 갸웃거리면서 나도 맞은편 의자에 앉았다. 그리고 나츠가와 씨의 빨간 글씨가 빽빽한 원고를 테이블 위에 펼쳐 놓고, "이런 느낌이었어." 하고 씁쓸하게 웃었다.

"우와…. 새빨갛네."

"너무하지."

이 너무함이 전해졌는지 카키에게 안긴 요타가 작은 손발을 파닥거렸다.

"그래, 그래. 괜찮아, 괜찮아."

카키는 요타의 작은 등을 부드럽게 토닥토닥 두드리면서 말했지만, 그 말은 뭔가 내게 하는 말 같은 느낌도 들었다.

괜찮아, 괜찮아.

"이걸, 전부 수정하라는 말이야?"

카키가 얼굴을 들고 물었다.

"아니, 전부 고치면 원래 이야기와는 전혀 다른 이야기—랄까, 원래 이야기가 파탄 나겠지."

그렇다고 해서 수정하지 않은 채 나츠가와 씨한테 다시 제출할 수도 없다.

"그러니까 뭐, 이 이야기는…접어야지."

"그런 거야. 그렇게 열심히 그렸는데…."

한숨 같은 소리로 말하며 카키는 비스듬하게 안은 요타를 내려다보았다.

토닥, 토닥, 토닥….

작은 등을 부드럽게 두드리는 리듬이 조금 느려진 느낌이었다.

"아, 하지만…." 나는 군이 조금 생기 있는 목소리로 말했다.

"가능성은 제로가 아니라고 했어."

"응?"

"편집자는 바쁘잖아. 그러니까 이도 저도 아닌 작품에는 애초에 수정도 하지 않는대."

카키의 눈에 희미한 빛이 켜졌다.

"아, 그럼."

"일단 도전해 볼 가치는 있다는 말이지 않을까?"

"있을지도 모른다는 거야?"

"응, 뭐. 제로가 아니라는 것은 솔직히 그 정도의 레벨이라고 생각해."

그 폭풍 같은 지적으로 보아, 고작 그 레벨이겠지.

요타가 조금 진정됐다.

그래도 카키는 작은 등을 일정한 리듬으로 토닥이면서 나를 본다.

"히로, 괜찮아?"

"응?"

"좀 기죽은 거 아냐?"

"아하하. 노골적으로 묻지 마."

기죽었다기보다는 무수한 가시가 박힌 가슴이 욱신거리고, 정확히 말하면 자신감을 잃어 가고 있다.

"커피."

"응?"

"끓여 줄까?"

카키가 격려하듯이 미소 지었다.

"아, 그래. 부탁해."

지금은 위로의 말보다 한 잔의 맛있는 커피가 마음을 달래 줄 것 같다.

나는 일어선 카키에게 요타를 받아 안고, 작은 등을 똑같이 리드미컬하게 토닥거렸다. 처음에는 조금 칭얼대던 요타도 쪽쪽이를 물리자 졸리는지 서서히 얌전해졌다.

잠시 후, 주방에서 좋은 향이 떠돌았다.

나는 요타를 자극하지 않도록 낮은 소리로 말했다.

"그러고 보니 말이야, 편집자가 이런 말도 했어."

"어, 뭔데?"

커피를 정성껏 내리고 있는 카키는 내려다보면서 대답했다.

"내가 그린 그림책을 어떤 사람이 읽기를 바라는가. 그런 메시지성 같은 것이 포함되어 있지 않아서 이야기가 빛을 발하지 않는대."

"어떤 사람에게 어떻게 읽히고 싶은가….'

카키는 손등을 보며 내 말을 되뇌었다.

"응. 그런데 말이야, 어떤 사람이라니, 그림책 독자니까 당연히 어린이잖아."

내가 조금 투덜거리듯이 말하자, 문득 뭔가 떠오른 듯이 카키가 얼굴을 들었다.

"아, 그렇다면 말이야, 미래의 요타를 대상으로 쓰면 괜찮지 않을까?"

"어….'

나는 품에 안긴 작은 온기를 내려다보았다.

과연, 그건 맹점이었다.

"아빠가 자기를 위해 써 준 그림책이 있다니, 미래의 요타는 정말 행복하게 생각할 거야."

"그거…, 괜찮을지도 모르겠네."

"그렇지?"

카키에게 언제나의 미소가 돌아오고 다시 드립을 시작했다.

약간 마음이 놓인 나는 또 생각했다.

그리고 좀 괜찮은 아이디어가 떠올랐다.

"나 말이야, 어떤 사람이 어떻게 읽어 주길 바라는가, 양쪽 대답이 나온 것 같아."

카키는 커피 드립에 집중하면서 "어떤 대답?" 하고 물었다.

"미래의 요타에게 아빠의 '유서'라고 생각하고 읽어 주길 바란다――는 건 어때?"

"유서?"

드립을 멈추고 카키가 얼굴을 들었다.

"응. 유서." 나는 쿡쿡 웃으며 말을 이었다. "물론 아직 죽을 생각은 털끝만치도 없지만. 근데 만일 내가 불의의 사고로 죽는다 해도 그림책에 담긴 '행복의 본질' 같은 것이 요타에게 전해진다면 최고이지 않을까? 아빠가 요타에게, 가장 전하고 싶은 것이 확실하게 담긴 것. 그런 그림책을 그릴까 싶어."

"아하. 그래서 유서구나…."

"내가 그림책에 담고 싶은 메시지를 선명하게 가슴에 새긴 요타는 그 후에도 줄곧 행복한 인생을 걸어갈 수 있는, 그런 그림책."

"그거 멋있겠네. 언젠가 요타에게 아이가 생기면 그 아이에게도 들려줄 수 있고…."

"아, 그렇게 되면 최고로 기쁘겠네."

정말로 그런 작품을 그린다면 요타나 손자들 이외, 많은 아이의 마음에도 남을 만한 작품이 될 것 같은 느낌이 들었다.

"음, 그거 정말 좋을 것 같아."

야무지게 끄덕인 카키는 "그럼, 결정이다." 하고 미소 짓고, 다시 커피를 내렸다.

주방에 떠도는 향긋한 냄새.

나는 그 향을 코로 깊이 들이마셨다.

그랬더니 좀 전까지 가슴에 박혀 있던 무수한 가시의 반이 흩어지는 것 같다.

내 그림책은, 유서….

그 가차 없던 나츠가와 씨 얼굴을 떠올리니 솔직히 자신은 없지만, 그래도 그림책의 방향성이 보인 지금 내 속에서 창작 의욕이 이글이글 고조된 것은 틀림없었다.

다시 요타를 내려다보았다.

품속의 작은 미래의 독자는 천천히 눈을 감고, 쪽쪽이를 초릅초릅 빨면서 꿈속으로 놀러 가는 것 같았다.

♦ ♦ ♦ ♦ ♦

카키와 요타가 잠든 뒤, 나는 거실 테이블 위에 복사 용지 다발을 올려놓고 그림책 러프를 그렸다.

째깍, 째깍, 째깍, 째깍…, 벽시계가 밤의 깊이를 주장한다.

일단은 이야기 설정과 줄거리를 짜야 한다.

샤프펜슬을 빙글빙글 돌리면서 나는 멍하니 허공을 바라보며 이런저런 이미지를 전개했다.

요타에게 남길 유서.

그릴 주제는 행복의 본질.

가능하면 세 살 정도의 유아도 이해할 수 있는 이야기를 만들고 싶다.

등장하는 캐릭터는 귀엽고, 친근감이 들고, 아이들에게 사랑받는 것으로 해야 할 것이다.

끙끙 고민하고 있을 때, 옆방에서 희미한 소리가 들려왔다.

요타의 목소리다.

우리 집 구조는 거실문을 열면 바로 옆방이 침실이다. 나는 그 문을 살짝 열어서 어둠 속의 아기 침대로 다가갔다. 나를 느꼈는지 요타가 또 소리를 냈다.

부드럽게 요타를 안아 올린 나는 바로 침실에서 나와 소리가 나지 않게 미닫이를 닫았다.

"옳지, 옳지."

조금 전 수유를 마쳤다. 카키를 더 자게 두고 싶다.

요타가 태어난 이후로 수유하는 카키는 세 시간 연속으로 잔 적이 없다. 그리고 그 옆에서 자는 나도, 줄곧 수면 부족에 빠져 있다.

"어쩐 일이야, 요타, 잠이 깬 거야?"

소곤소곤 말을 걸자, 요타가 '아우아우' 하고 소리를 냈다. 대답하는 것 같다.

"그랬쩌. 요타는 아빠랑 얘기하고 싶어서 아빠를 불렀구나?"

말하면서 나는 슬링을 어깨에 대각선으로 메고 요타를 그 안에 쏙 넣었다. 이걸 사용하면 안고 있어도 덜 힘들어서 도움이 된다.

"아빠는 말이야, 지금 요타를 위해 그림책을 그리고 있어. 아직 줄거리도 쓰지 못했지만."

슬링 위로 요타의 등을 부드럽게 토닥거려 주었다.

아우아우 하고 대답하는 요타에게서는 달콤한 모유 냄새가 난다.

나는 천천히 요람처럼 슬링을 흔들었다.

"요타, 아빠 그림책 잘 낼 수 있을까?"

무심히 물어본 순간, 요타는 반짝반짝 빛나는 천진무구한 눈동자로 나를 물끄러미 바라보며 빙그레 웃었다.

순간, 내 심장이 조여졌다.

"그래, 음. 요타에게 보내는 선물이니까. 열심히 하면 낼 수 있을 거야."

슬링을 흔들면서 나는 '후우' 하고 한숨을 쉬었다. 그렇게라도 하지 않으면 요타에게 마구 뺨을 비빌 것 같았다.

설마 내가 이렇게도 아이를 좋아하게 될 줄, 솔직히 상상도 하지 못했다. 예전의 나는 아이를 다루는 법도 전혀 몰랐고, 어느 쪽인가 하면 싫어하는 타입이었다.

"요타, 아빠랑 엄마의 아이로 태어나 주어서 정말 고맙다."

말하면서 요타의 이마를 쓰다듬자, 뭔가 의미도 없이 끓어오르는 것이 있어서 눈물샘이 느슨해졌다.

그런 내게 요타는 '아우아우' 하고 귀여운 목소리로 대답을 해 준다.

그때, 테이블 구석에서 스마트폰이 진동했다. 흘끗 화면을 보니 애플리케이션의 뉴스 갱신 알림이었다.

'뭐야, 별것 아니잖아.' 하고 시선을 떼다가 내 눈은 '수'라는 글씨를 보았다. 스마트폰 화면에 뜬 날짜와 요일.

수요일.

그런가. 프리랜서 생활이라 요일에 완전히 무감각해졌지만, 오늘은 수요일이었다.

나는 요타를 안은 채 의자에서 일어나 협탁 아래쪽 서랍에 소중히 보관해 둔 한 통의 편지를 꺼냈다. 그리고 그걸 들고 다시 의자에 앉았다.

테이블에는 아직 아무것도 쓰지 않은 새하얀 복사 용지가 있다. 그 위에 나는 소중한 편지를 펼쳤다.

"요타, 아빠는 말이야, 이 편지를 받은 덕분에 지금이 있단다."

속삭이듯이 말하고 나는 정말로 오랜만에 편지를 읽었다.

첫 줄에는 이렇게 쓰여 있다.

나의 수요일을 읽어 줄 당신, 처음 뵙겠습니다. 안녕하세요.

거기에서 다음에는 꿈같은 성공자의 일상이 그려져 있었다.

편지를 보낸 사람은 나오미 씨라는 여성이었다.

나오미 씨는 어릴 때부터 꿈이었던 빵가게 주인이라고 한다. 지금은 점포 수도 여러 개로 늘어났고, 이따금 세련된 잡지에 소개될 정도라고 한다.

나오미 씨는 직원에게도, 손님에게도 사랑받고, 가족은 그가 하는 일을 이해하고 협력해 주어서, 그야말로 더 바랄 것 없는 인생을 살고 있었다.

이 편지를 읽고 있으면 행간에서 행복한 온기가 배어나는 것 같아서 내 마음조차 따듯해진다.

예전의 나는 카키와의 안정된 생활을 우선으로 생각했다. 그것을 위해서라면 꿈을 포기하겠다는 '자기희생'이야말로 정의라고 믿었다. 하지만 이 편지를 받았을 때부터 그 신념이 조금씩 흔들렸다. 요컨대 프리랜서에 대한 동경이 날마다 커졌다. 그 탓에 전보다 더 고마누를 질투하고, 그리고 그런 내가 점점 싫어졌다.

자기희생 다음에 진정한 행복이 있을까?

자기 인생을 무시하고 있는 내가 가족을 정말로 행복하게 할 수 있을까?

이 편지에서 떠도는 '행복의 아우라'는 내 마음을 움켜쥐고 세게 뒤흔들었다.

나오미 씨의 편지 후반에는 이런 구절이 있었다.

최근, 알게 된 것이 있습니다. 사람이 행복해지기 위해서는 몇 가지 법칙이 있다는 것입니다. 이를테면 내가 지금까지 실천해 온 것은….

거기서부터 이어지는 세 가지 법칙이야말로 지금 내 인생의 나침반이 되었다.

- 자신에게 거짓말하지 않는다.
- 좋다고 생각하는 것은 주저 없이 한다.
- 남을 기쁘게 하면 자기도 기쁘다.

행복한 성공자가 직접 가르쳐 준 이 세 줄은 당시 내 가슴 한복판에 적중했다. 처음 읽었을 때는 스마트폰으로 찍어서 언제든 다시 읽을 수 있도록 배경 화면으로 했을 정도다.

나오미 씨는 참으로 겸허한 사람이라고 생각한다. 왜냐하면 이 세 줄에 관해 설명한 문장 끝에는 '~일지도 모릅니다', '~가 아닐까요?'라고 쓰여 있다.

그리고 마지막은 이렇게 매듭지었다.

당신과 당신 주위 사람들의 미래가 최고로 반짝이기를. 언제나 웃는 얼굴로 지내기를. 당신이 당신답게 있기를. 나의 수요일을 읽어 주어서 감사합니다.

"반갑네…."

편지를 다시 읽은 나는 혼잣말처럼 중얼거렸다.

예전에 나는 '꿈에 도전하겠습니다!'라는 내용의, 지금 생각하면 부끄러울 정도로 뜨거운 편지를 수요일 우체국 앞으로 보냈다. 그리고 그때, 우체국에서 전송된 것이 바로 운명이라고도 할 수 있는, 이 나오미 씨의 편지였다.

"있지, 요타. 운명이나 기적은 정말 있단다."

작은 소리로 말했더니 왠지 요타는 소리 내어 웃었다.

그 천진무구하게 웃는 얼굴에 이끌려서 나도 그만 '후후후' 하고 소리 내어 웃었다.

바로 그 순간….

나는 웃는 얼굴인 채로 정지됐다.

유서가 될 그림책 아이디어가 반짝 머릿속에 떠오른 것이다.

그래!

제목은 히라가나로 '네가 웃으면'으로 하자.

기분이 좋아서 엄지를 빨고 있는 요타의 얼굴을 바라보면서 그렇게 정했다.

요타가 웃으면 내가 웃는다.

내가 웃으면 카키도 웃는다.

사람은 웃는 것만으로 즐거워진다.

그리고 웃는 얼굴과 웃는 얼굴에서 생겨난 즐거운 기분이

이야기 속에서 파문처럼 번지고, 이어지고…, 다시 네게로 돌아온다.

네가 웃으면, 언젠가 또, 네가 웃는다.

해피 배턴을 이어가는 이야기….

음, 나쁘지 않은 것 같다.

애초에 이 세상은 그런 곳이 아닐까, 나는 생각한다. 지금 이 순간의 기분이 현재의 모습을 만들고 미래의 모습으로 이어진다.

바람이 불면 통 장사가 돈을 번다는 속담도 있고, 한 마리 나비가 파닥이면 그 영향이 점점 커져서 멀리 떨어진 곳에서 태풍이 일어난다는 '나비 효과'라는 현상도 있다.

요타가 지금 웃으면 웃지 않았던 세계보다는 행복한 세계가 전개될 것이다.

이를테면 집 근처를 걸어 다니는 고양이도, 꽃 위에서 날개를 쉬는 무당벌레도, 길가에 핀 민들레도, 대해원에서 점프하는 돌고래도, 물론 우리 인간도…, 단지 살아 있는 것만으로 누군가와 스쳐 지나며, 이 세계에 크고 작은 영향을 주고 있다.

그리고 그 인연이 끝없이 연쇄되어, 이 지구의 낯선 어딘가에서 낯선 누군가에게 영향을 준다.

그렇다. 이 수요일 우체국에서 보낸 편지처럼 낯선 누군가의 수요일이 낯선 누군가의 인생을 바꾸기도 하고….

그런 느낌의 그림책이라면 좋겠다.

아마도 행복의 본질을 그린 '유서'가 될 것이다.

나는 몹시 로맨틱한 기분을 맛보면서 새삼 나오미 씨가 쓴 편지를 손에 들었다.

한 장, 두 장, 속독으로 읽으면서 넘겼다.

세 장째에는 이 편지에서 유일하게 글씨가 흐트러진 부분이 있다.

만년필로 정성껏 쓴 편지 속에 단 한 글자만 마치 물로 연하게 해서 지우려고 한 것처럼 번져 있다. 그리고 거기에는 말풍선을 그려서 수정해 놓았다.

…그런 ●한 가족이 있어 준 덕분에 나는 오늘도 '나다운 수요일'을 보낼 수 있다고 생각해요.

번져서 지워진 것은 ● 이 한 글자.

그리고 말풍선으로 수정한 것은 '아주 다정'이라는 말이었다.

요컨대 '그렇게 아주 다정한 가족이 있어 준 덕분에….'라고 수정한 것이다.

나는 멋대로 상상했다.

나오미 씨는 일단 '다정한 가족'이라고 썼지만, '다정'이란 글씨를 물로 옅게 해서 지우고, 굳이 '아주 다정한 가족'이라고 고쳐 썼지 않을까.

지지해 주는 가족에 대한 감사가 넘쳐나는 사람이어서 그렇게 수정한 게 분명하다. 그리고 그런 사람이어서 모두에게 사랑받고, 이렇게도 행복에 넘치는 성공자가 될 수 있었을 것이다. 나오미 씨의 '감사'의 마음이 돌고 돌아 다시 내게로 온 것이다.

나오미 씨는 지금도 빵을 통해서 세상의 행복 총량을 계속해서 늘려 가고 있을 테지….

그런 생각을 하던 나는 들고 있던 편지지를 테이블에 살짝 내려놓고, 그 손으로 요타의 작은 등을 토닥거렸다.

행복해져라.

행복해져라.

나오미 씨처럼 너도 행복해져라.

나오미 씨의 편지가 아빠를 바꿔 주었듯이 아빠가 그린 그림책이 너의 인생을 멋지게 만들기를.

멍하니, 그런 생각을 하면서 슬링을 흔들고 있는데, 문득 나오미 씨의 편지를 내게 전해준 수요일 우체국 국원들 생각도 떠올랐다.

수요일의 편지라는 행복 배턴을 내게 전달해 준 국원님도 행복해졌으면 좋겠다….

"요타도 그렇게 생각하지?"

가만히 말을 건넸더니 엄지를 빨면서도 요타가 '아우아우' 하고 대답해 주었다.

"오, 의견이 통했네. 과연 내 아들이구나."

나는 요타에게 미소를 지어 보였다.

"요타, 기대해. 아빠가 최고로 행복한 '유서'를 그려 줄 테니까."

아무런 근거도 없이 행복한 미래를 꿈꾼 이 순간, 왜일까, 나는 진정한 의미로 프리랜서로서 살아갈 각오를 한 것 같은 기분이 들었다.

조금쯤은 미래에 대한 불안이 있어도 좋다.

어느 길을 선택해도 어차피 '일장일단'이 있으니까.

"그렇지? 요타."

품속의 작은 온기에게 말을 건네고, 나는 그대로 '하아' 하고 하품을 했다.

자,

오늘 밤도 긴 밤이 될 것 같네.

마음속으로 중얼거리며 슬링을 살며시 흔들었다.

그리고 사랑스럽고 작은 등을 토닥거렸다.

최선을 다해야지.

꼭 좋은 '유서'를 써야지.

모든 것은 책을 위해….

나츠가와 씨의 냉엄한 목소리가 등을 쭉 편 내 가슴속에서 우렁차게 메아리쳤다.

내게 '수요일 우체국'이라는 프로젝트의 존재를 가르쳐 준 것은 담당 편집자 M씨였습니다. 술을 좋아하는(상당한 주당) M씨와는 종종 도내의 맛있는 이자카야에서 '뒤풀이 겸 회식'을 했는데, 어느 날 밤 술자리에서 그는 커다란 눈을 반짝거리면서 이렇게 말했습니다.

"실은 모리사와 씨에게 딱 어울리는 소설 모티브를 발견했어요."

"……."

솔직히 말하면 다음에 쓸 내용은 제 속에서 이미 정해져 있고, 줄거리도 다 써 놓았습니다. 그러나 살짝 취한 M씨의 입에

서 나온 '수요일 우체국' 설명에 귀를 기울이는 사이, 내 마음은 조금씩 움직이다가,

"그 소재, 재미있네요. 해 봅시다."

정신을 차리고 보니 그렇게 대답하고 있었습니다.

그야말로 M씨의 말이 내 미래를 바꾼 순간입니다.

훗날, 우리는 취재를 위해 도호쿠 지방으로 떠났습니다.

실제로 가동하고 있는 '수요일 우체국' 모습을 보러 간 것입니다.

계절은 겨울로, 작중에 나오는 터널 입구에는 커다란 고드름이 주렁주렁 열려 있었습니다. "어, 추워, 추워." 하면서 우리는 여러 곳을 돌았습니다만, 자세한 내용은 비밀로 해 두겠습니다. 소설(픽션) 세계와 실제 '수요일 우체국'은 여러모로 다르니까요. 그렇긴 하지만 실제로도 아주 풍정이 멋진 곳이니 독자 여러분도 여행해 보면 어떨까요? 참고로 제가 다시 현실의 '수요일 우체국'을 찾을 때는 아마도 낚싯대를 들고 갈 것 같습니다(웃음).

취재하는 동안에는 아름다운 리아스식 해안 풍경도 만났습니다만, 한편으로 동일본대지진의 상흔이 남아 있어서 마음 편히 즐길 수는 없었습니다.

실은 저, 3월 11일 전날까지 도호쿠 해변에 있었답니다. 즉,

겨우 하루 차이로 어쩌면…. 그런 안타까운 마음을 안고 있어서 세 장의 캐릭터를 만든 것 같습니다.

자, 마지막으로, 작중 편지가 캐릭터들의 인생을 바꾸었듯이, M씨의 말이 나를 바꾸었듯이, 이 책의 말들이 당신의 미래를 한층 멋지게 바꿔 주기를! 읽어 주셔서 감사합니다.

모리사와 아키오

수요일에 쓰는 편지

안녕하세요. 저는 일본 문학을 번역하는 사람입니다. 더러 에세이도 씁니다. 어릴 때부터 책 읽고 글쓰기를 좋아했는데 운 좋게 직업이 됐습니다. 전생에 시(市) 하나는 구하지 않았을까 하는 생각을 종종 합니다.

오늘은 수요일입니다. 비가 오고 있습니다. 대학교 때 '비 오는 수요일엔 빨간 장미를' 하는 노래가 유행했는데 문득 그 노랫말이 생각나네요. 이곳은 우에노 공원 안에 있는 스타벅스입니다. 마감이 얼마 남지 않은《수요일의 편지》를 들고 도쿄 여행을 왔답니다. 번역가란 직업은 이래서 좋습니다. 노트북만 있으면 어디서든 일을 할 수 있거든요. 비 오는 수요일에 우에노 공원의 스타벅스에서 《수요일의 편지》를 번역하다니, 이것이야말로 수요일 우체국의 존재만큼이나 판타지 같습니다.

수요일 우체국은 수요일에 자기가 한 일, 자기가 한 생각 등등을 편지에 써서 보내면 직원들이 전국에서 온 수요일 편지를 섞어서 무작위로 배달해 준다고 합니다. 자기 신분에 관한 정보가 전혀 없어야 하는 것이 규칙입니다. 미지의 사람에게 나의 수요일을 들려주고, 어느 날 미지의 사람이 쓴 수요일 편지를 읽는 기분은 어떨까요. 번역하는 동안 저도 수요일 편지를 쓰고 싶었는데, 드디어 오늘 쓰게 되었네요.

숙소는 우에노 공원에서 가까운 곳입니다. 걸어서 5분. 그렇습니다. 우에노 공원에서 매일매일 벚꽃을 실컷 보고 벚나무 아래에서 책도 읽고, 공원 안 스타벅스에서 번역을 하는 게 버킷 리스트여서 이곳에 숙소를 정했답니다. 하지만 무슨 일입니까. 올해 벚꽃은 10년 만에 가장 늦게 개화한다는 뉴스. 예상 개화 날짜를 보면 이미 만개해야 하는데, 벚꽃은 한 그루에 두어 송이. 거의 피지 않았습니다. 날씨는 걸핏하면 비가 오고 춥기도 춥습니다. 봄옷만 갖고 온 제게는 재앙에 가까운 날씨입니다. 날리는 벚꽃 잎 속에 산책하고 독서하는 뇌내의 우아한 모습은 비바람에 망가진 새로 산 우산과 함께 날아가 버렸습니다. 오늘도 비가 와서 느지막이 노트북과 《수요일의 편지》

를 들고 이곳에 왔습니다. 비가 오는 덕분에 빈자리가 많아서 기뻤습니다. 평소에는 줄이 무척 길어서 테이크 아웃하기도 힘들다지요. 조용한 창가 자리에 앉아 신나게 번역하다 보니 어둠이 내려앉고 있네요. 이 장소, 상황, 이 풍경이 너무 행복해서 가슴이 벅찹니다.

자, 이제 《수요일의 편지》 이야기를 해볼까요. 여기에는 세 명의 화자가 등장합니다. 이무라 나오미는 중고등학생 두 아들을 키우는 지친 주부이고, 이마이 히로키는 일러스트레이터가 되고 싶지만, 프리랜서가 되는 것이 두려운 회사원입니다. 미쓰이 겐지로는 '수요일 우체국' 직원으로 고등학생 딸을 키우는 싱글 대디입니다.

누군가의 소개로 '수요일 우체국'의 존재를 알게 된 이무라 나오미와 이마이 히로키는 지치고 힘든 어느 수요일에 편지를 씁니다. 이무라 나오미는 구질구질한 지금의 삶이 아니라, 빵가게를 하고 싶었던 어린 시절의 꿈을 이룬 자기 모습을 가상하여, 성공한 빵가게 주인이 된 마음으로 편지를 썼습니다. 이마이 히로키는 일러스트레이터라는 꿈을 너무나 이루고 싶었지만, 용기를 내지 못하는 자신의 현재 이야기를 씁니다. 미쓰이 겐지로는 이 두 사람의 편지를 서로에게 배달합니다.

옮긴이의 글을 쓸 때 늘 갈등합니다. 어디까지 쓰면 책 소개이고, 어디까지 쓰면 스포일러인지. 아무래도 여기까지만 얘기하는 게 좋겠죠. 기대를 저버리지 않는 모리사와 아키오 표의 힐링 소설입니다. 모리사와 아키오의 소설은 한결같이 파란 하늘, 하얀 햇살, 초록 바람, 어느 길모퉁이엔가 빨간 우체통이 있는 한 폭의 수채화 같죠. 평범한 사람들의 선한 이야기. 모두 평온해지는 이야기. 읽다 보면 약간 삐딱해지기도 합니다. 이건 판타지야, 현실에선 말도 안 되는 이야기야. 맞습니다. 그러니까 소설입니다(웃음). 그러나 이 소설을 읽고 많은 분들이 잃어버린 어린 시절의 꿈을 허겁지겁 찾거나, 지금부터라도 새로운 꿈을 꾸게 되지 않을까, 현재 꿈에 가까워지기 위해 선뜻 용기를 내게 되지 않을까, 감히 상상합니다.

어느새 창밖이 캄캄해졌습니다. 빗발이 더 굵어진 것 같습니다. 저의 수요일 편지는 이쯤에서 마무리해야겠습니다. 일을 열심히 해서 뿌듯한 수요일이었습니다. 저의 여행은 아직 좀 더 남아 있습니다. 당신의 수요일이 혹시 힘들었다면 수요일 편지를 한번 써보세요. 다 쓰고 나면 한결 후련해질 거예요. 독자님의 수요일은 어땠을지, 언젠가 당신의 수요일 편지도 읽게 되길 바랍니다.

권남희